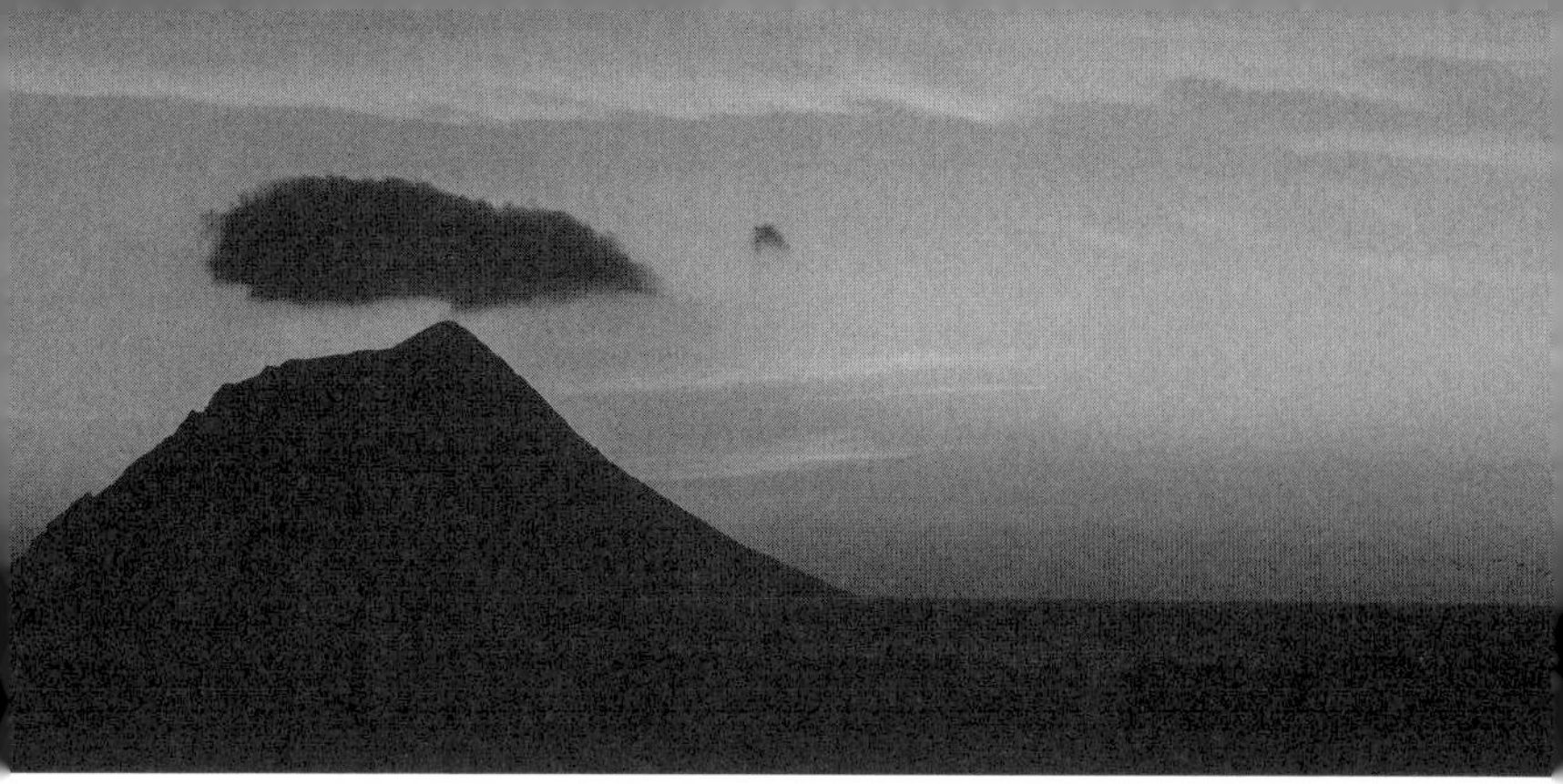

八丈島カジノを含む
統合型リゾート計画

# 誰《たれ》そ彼《かれ》

KUROI Hiromasa
黒井宏昌

文芸社

## おじゃりやれ八丈島

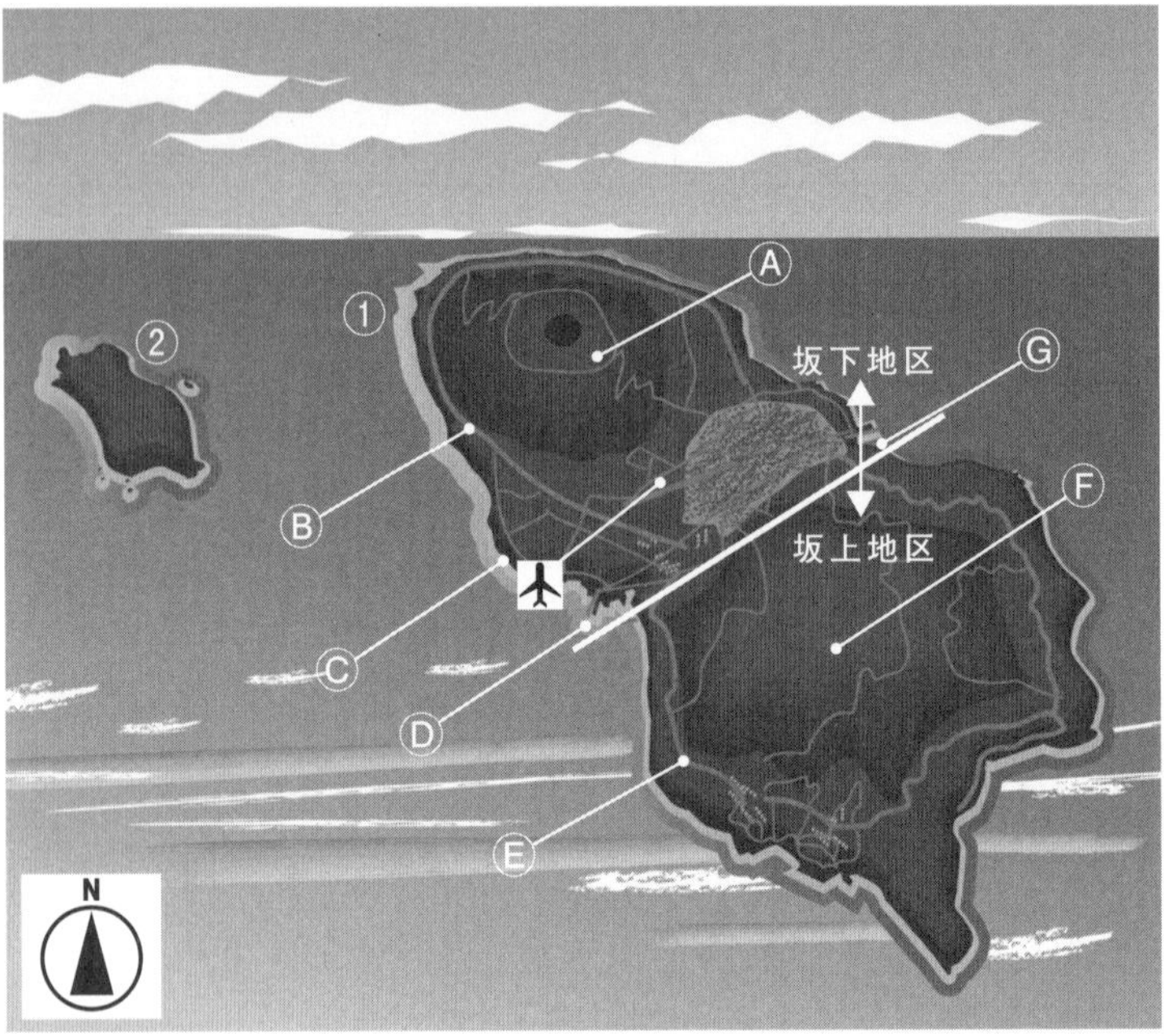


①八丈島
②八丈小島
✈八丈島空港

Ⓐ八丈富士
Ⓑ夕日が丘
Ⓒ南原千畳岩海岸
Ⓓ八重根港
Ⓔ八丈一周道路
Ⓕ三原山
Ⓖ底土港

目次

# 八丈島カジノを含む統合型リゾート計画

誰そ彼

# 流刑……落胆と発奮

二〇二三年四月、大手町の居酒屋。割と上品な内装で、手羽先の唐揚げがウリであるその店の個室で、風間《かざま》義則《よしのり》は苦笑しながら賑《にぎ》わう店内の同僚たちを見つめていた。

――なんで俺が……。

義則は今回の辞令で、東京都伊豆諸島の八丈島特別出張所勤務を命じられた。今日は、その送別会である。

名門私立大学を卒業し大手メガバンクでもある「いぶき銀行」に入行して十年、これから出世街道驀進《ばくしん》間違いなしと同期にも注目を浴びていた義則だけに、周囲も驚きを隠せなかった。

どこをどう考えても流刑である。

義則の勤務していた大手町支店は、支店長が執行役員に昇格するケースが多い、いわゆる〝役員店舗〟でもある。若き三十二歳の部長、義則の業績も目覚ましく、二十人ほどいる部下からも慕われ、マネージメント能力も人事から高い評価を得ていたことから、歴代最速支店長との呼び声も高かった。

「まぁ、海や山に囲まれた自然も豊かないい島らしいぞ、知らんけど……」

義則の後任、大阪心斎橋支店から転勤してきた丸顔の高松琢磨《たかまつたくま》が、笑いながら拡声器を使っているかのような大声で放った。

確かに豊臣五大老でもあった宇喜多秀家は、関ヶ原の戦いに敗れた後、流人として八丈島に配流となったが、放免後も八丈島から離れずに八十四歳まで生涯の大半を暮らしたのだから、心地よい島なのかもしれない。

――だが俺は、戦に負けたわけでも何でもない。

義則は天井を仰ぎ嘆息した。

八丈島特別出張所は、東京の浜松町支店が母体となっているため独自の決裁権はなく、今は公金を扱う業務に加え八丈島地場企業の相談窓口的なポジションである。特に島の地場産業が大きく飛躍するといった要因も見当たらず、これから大手が進出するという噂《うわさ》も聞いてはいない。

翌日、義則は羽田空港第二ターミナルに向かった。羽田から八丈島へは全日空のジェット機が一日三便飛んでいる。

羽田空港でドアが閉まりランプ・アウトしてから、わずか五十五分で八丈島空港に到着した。預けていた手荷物を受け取り到着ロビーに出ると、〃おじゃりやれ〃と書かれた大きな横断幕が目に飛び込んで来る。〃おじゃりやれ〃は八丈方言で〃いらっしゃい〃という意味を持つ。ちなみに八丈方言はアイヌ語などと共にユネスコ世界消滅危機言語リストに入っている。

空港には行員の男女二名が迎えに来ていた。一人は中路俊平《なかじしゅんぺい》、お人好しが顔に滲《にじ》み出ている三十歳。自ら八丈島勤務を志願した変わり者で、八丈島では珍しい色白男子。もう一人は沖山《おきやま》めぐみ、二十七歳。ショートヘアが似合う目鼻立ちがはっきりとした、純粋無《む》垢《く》な感じの女性である。一週間の引き継ぎ業務で先日来島しているので、二人とは既に面識はあった。

「風間所長、改めまして、ようこそ八丈島へ」と中路が言い挨拶を交わすと、三人は空港前の駐車場に向かった。空港を出ると真表に圧倒的存在感の八丈富士が聳《そび》え立つ。

――空が広い……。

三人は社用車に乗り、中路の運転で借り上げ社宅へと向かった。

道中、道路の両サイドには南国風の大きなビロウ椰子《やし》の樹が立ち並ぶ。かつては「東洋のハワイ」と呼ばれ多くの観光客で賑わった島だが、今は全盛期の賑わいを失っている。現に海岸沿いにある大きな西洋式建築の廃墟《はいきょ》ホテルがそれを物語っている。そんな光景を見ながら義則は、

――まっ、今の俺には身分相応な地かもしれない、と若干の敗北感を持ちながら心の中で嘆いた。

「所長、ここにカジノが出来るかもしれないって知っていましたか？」

義則は、中路の発した突拍子もない言葉に驚いた。

「えっ……初耳だな」

「単なる噂かもしれませんが、最近、都市開発コンサルっぽい人たちをよく見るので……。先日もスペイン料理屋でバンド仲間と飲んでいたら、その人たちが都市開発に関する話をしていましたし……。この島にカジノが出来たら最高なんだけどなぁ～」

語尾が上がり、中路は若干興奮気味だ。

確かにＩＲ推進法案が可決された後、大阪が採択され、残りの二枠はまだ決まっていない。東京都が手を挙げても不思議ではないが、東京であればどう考えてもお台場一択なはい。

ず。もし本当にこの島にカジノが出来るのなら、経済効果は計り知れず雇用拡充も十分期待でき、島に大きな裨益《ひえき》をもたらすことは間違いない。それが事実なら、八丈島出張所が支店に昇格という、メガバンクでは異例の事態もあり得る。

もしかしたら、そのために俺はここに呼ばれたのかもしれない。ここで爪痕を残せば再び出世街道を歩くことができる。それよりも、バンカーとして壮大なプロジェクトに携わること自体に大きな価値がある。

義則の心は沸々と沸き上がった。

「着きました、こちらになります」

そこは平屋の戸建てが六棟建っているうちの一棟だった。室内は2LDKで、独身の義則には広すぎる間取りだ。

中路が裏庭を指さし、

「前の所長がこの畑で明日葉《あしたば》を育てて、そのままの状態ですが、ここで好きな野菜を育てることもできますよ」と目尻を下げながら言った。

必要最低限の家具や家電は備え付けてあり、車も貸与されているので、明日引っ越し業者が荷物と趣味のロードバイクを運んでくれれば、当面、生活にもメンタルにも支障が出ることはない。

「では、私たちはこの辺で失礼します。私の家は向かいなので、何かご不便を感じたら遠慮なくおっしゃってください。それに、沖山さんは生まれも育ちも八丈島なので、島で分からないことがあれば尋ねるといいですよ。かく言う私も結構助かっています」

後頭部を掻《か》きながら照れくさそうに中路が言うと、沖山めぐみは微笑《ほほえ》みながら軽く会釈をした。

玄関を出ると、さっき空港で見た八丈富士が見える。改めて見ると確かに円錐形《えんすいけい》で、フォルムが富士山に似ている。八丈島は雨が多いと聞いていたが、今日は快晴だ。

――今度、頂上目指して登ってみるか。

と、義則の心はプラス思考に昇華した。

赴任してから約一か月……。

「常春の島」と言われる八丈島は一年中温暖で、この時期半袖で過ごしても肌寒さを感じることはない。島の生活にも慣れ、コンビニがなく飲食チェーンもないが、島のスーパーに行けば、野菜、魚や肉、菓子類はそれなりに揃《そろ》っており、鮮魚コーナーや野菜コーナーでは八丈島産の魚や野菜も目にする。手作り感のある惣菜《そうざい》類も揃っており、あまり不自由さを感じたことはない。

特別なものは皆ネットショップで購入する。大型でなければ送料無料のネットショップもある。外食店も人口の割には多く散在し、郷土料理、寿司屋、居酒屋、焼肉屋、ラーメン屋、蕎麦《そば》屋、フレンチ、イタリアン、スペイン、ピッツェリア、ハンバーガー、カレー専門店とバリエーション豊富だ。そして八丈島生まれの沖山めぐみが、何かと島民とのコミュニケーションの場を段取りしてくれた。

ある日、島の地場企業の社長たちが集まる、郷土料理店での食事会に誘われた。

そこで義則が、

「島にカジノが出来るという噂を小耳にしたのですが……」

と尋ねると、島でいちばん大きな建設会社でもある滝田建設社長の滝田が、

「ああ、それは内地の人間が勝手に噂しているだけですよ」と答えた。

「この島は伊豆国立公園ですからね、そう易々《やすやす》と開発なんてできないんじゃないですか」

と八丈浅沼酒造の社長浅沼が言った。

義則は、八丈島の郷土料理の代表でもある「島寿司」を堪能しながら、以前、中路に誘

われ移住者たちと飲んだ際、カジノ誘致に関して熱く語り合ったことを思い出し、かなりの温度差だと痛感した。

「今日は、おひとり様五〇〇〇円となります」

真朱色《まそほいろ》の茶衣着《ちゃいぎ》を着た女将が皆にそう伝えると、各々《おのおの》が自分の財布から会費を出した。八丈島の飲み会は通例的に割り勘が主流で、誰かが奢《おご》るという風習はあまりない。義則はめぐみの分も出そうとしたが、めぐみはそれを拒み、自分のバッグから八丈島の伝統工芸でもある織物「黄八丈」で出来た財布から五〇〇〇円を出した。

帰路はタクシーで帰る者もいれば、下戸の者が運転してきた車で送ってもらう者もいる。義則は、烏龍茶《ウーロン》しか飲んでいなかっためぐみの軽自動車の助手席に乗り、送ってもらった。

二人の姿を見ていた電気工事会社社長の三木が、隣にいるレンタカー会社社長の菊池に、「あの二人、なかなかのお似合いだね」と小声で話しかけると、菊池はめぐみの軽自動車のテールランプをぼんやり視界に入れながら、

「結婚しないかなぁ……」と熱願するように呟《つぶや》いた。

助手席に乗っていた義則は、めぐみに、

「やはりカジノの噂は単なる噂話だったようだね」と落胆気味に言った。

めぐみは街灯が少ない道路を慎重に運転しながら、

「そうでもないみたいですよ。以前の所長は役職定年後にそのまま八丈島に定住して次々と土地を買収しているようで、本人は農林水産省が推奨する農業と宿泊を融合させた〝アグリツーリズム〟（農村などで余暇を過ごす観光形態）の施設を八丈島に作ると言っています。でも島の人は、何か魂胆があるに違いないと勘ぐっているみたいです」

いつもは物静かなめぐみが、やや張り気味の声で言った。そして、

「風間所長、今度の日曜日にその前所長を訪ねてみますか？　私がご案内しますよ」

と提案した。

義則は、休日まで付き合わせるのは恐縮と思いつつも、めぐみに若干の好意を抱き始めている自分に気付きながら、

「沖山さん、是非お願いしたい」と力強く返答した。

# 出逢い

日曜日にめぐみが迎えに来てくれて、一緒に以前の所長、八代大樹《やしろだいき》を訪ねた。

八代大樹の自宅は、観光名所でもある南原千畳岩海岸《なんばらせんじょういわかいがん》の海沿いの道路を、二十メートルほど山側に入った所にあった。家の周辺は草が生い茂っており、義則の抱いていたイメージとはかなりの乖離《かいり》があった。

めぐみの車は、どう考えても駐車スペースとは思えない生い茂った草むらに突っ込んで停車した。車のドアを開けると自分の身の丈ほどの草に囲まれていて、義則はその草を掻き分けながらめぐみの後に続いた。

めぐみは躊躇《ちゅうちょ》なく玄関の引き戸を開け、

「ジャンボさ〜ん、こんにちは〜」と割と大きな声で言ったが、家の中から返事はなかった。玄関前で待つこと三分ほどで、目の前に軽トラが雑に停まった。

「よ〜う、メグちゃん、ごめん遅れてしまって。八重根港《やえねこう》で釣りをしていたら、あまりの入れ喰いでつい夢中になって……今日はムロアジが大漁でね〜」

そう言うと、荷台のクーラーボックスをドヤ顔で開けて見せた。

「ジャンボさん、こちら、電話でお話しした新しく赴任してきた所長の風間さんです」

「ほ〜、想像とは全く違う、めちゃくちゃ若い所長で、しかもイケメンで驚いた。私はてっきり役職定年前の五十歳あたりかと思っていたよ」

義則が勤務するいぶき銀行の定年は基本六十歳であるが、行員として役職が付いている者の定年は、よほどのことがない限り五十五歳である。役職定年後は、銀行員ではなく関連会社や取引先に転籍もしくは出向、中には自身で探した一般企業に再就職となるが、当然年収は大幅ダウンとなる。八代も八丈島出張所で五十五歳の役職定年を迎え、その後、八丈島の建設会社の経理部長として従事している。

「初めまして八代さん、風間義則と申します」

義則は軽く会釈して改めて八代を見た。身長は一メートル八十五センチを優に超え、元ラガーマンと言われても違和感を感じないガッチリとした体格。風貌はロン毛に無精髭《ぶしょうひげ》で、ワイルドという言葉がよく似合う、いわゆる〝イケおじ〟だが、どこか奥行きのある人物という印象が強い。

義則の驚きを察したのか、めぐみが、

「八代さんは所内で〝ジャンボさん〟って呼ばれていたんですよ」

と微笑ましく言うと、

「まっ、所内にとどまらず島内でもそう言われているけどね」

大きな体をのけぞらせながら豪快に笑った。

肌は小麦色、顔は四角で、歯がやたら白いのが印象的だ。義則は、〝ジャンボモナカ〟を連想した。

「まっ、とりあえず中に入って……」と八代は家の中に誘うと、島のサンダル、通称〝ギヨサン〟を雑に脱ぎ捨て、家の中にドカドカと入って行った。

めぐみは、八代からお裾分けでもらったレジ袋に入ったムロアジを左手に持ちながら、

「それでは、私はここで失礼します」と告げ、八代宅を辞去した。

室内は古民家風で、意外と綺麗な内装である。

「築年数不明の古民家を買い上げて、退職後は時間を持て余していたのでセルフリノベーションしたのだよ。やり始めると、思っていた以上に楽しくて止まんなくなっちゃったよ」

周囲を見渡しながら義則は、その完成度の高さに驚きを隠せなかった。義則も時間に余

裕があれば一年中ロードバイクのパーツ交換やメンテナンスを行っているので、八代の気持ちが十分理解できた。

渡り廊下の窓からは、一〇〇坪ほどの畑にさまざまな野菜が育てられているのが見えた。

八代は、

「私は、もともと銀行では情報システム部でシステム開発を担当していたのだが、まさかエンジニア畑の男がリアルな畑で野菜を作るなんて夢にも思わなかったよ」

と笑いながら語り、

「せっかくだから、出会いを祝して一杯やらないか？」と切り出した。

義則は、まだ日は明るいが休日でもあり、何よりもこの八代大樹という男をもっと知りたいと思い、

「喜んで」と満面の笑みで答えた。

八代は、ダイニングキッチンの冷蔵庫から取り出した缶ビールを義則に差し出し、自分も缶ビールのステイオンタブを豪快に引っ張ると、二人は乾杯した。乾杯後に八代はガスコンロで何かを炙《あぶ》り始め、義則に厚みが一センチほどある板状の海苔《のり》を差し出した。

「どうぞ、八丈島の〝島のり〟だよ。七味マヨネーズを付けて食べると絶品だから」

八代はそう言うと、自分も海苔の角をちぎり、マヨネーズを付けて頬張りながら、

「そういえば、メグちゃんから聞いたのだが、君は八丈島にカジノが出来る話に興味があるらしいね。まあ、銀行マンだから当たり前か……。ところで、君は底土港《そこどこう》にある人間魚雷『回天』の格納壕《ごう》跡を見たかね？」と尋ねた。

「いえ、まだ見ていません……が、太平洋戦争末期に硫黄島が陥落し、最後の砦《とりで》としてこ八丈島に帝国陸軍・海軍の司令部が配置されたとネットで読んだことがあります」

そう言うと義則は、島のりにマヨネーズを付け口に放り込んだ。

「うまい！」

八代は義則の満足げな顔を見て微笑み、

「確かに東京は統合型リゾートに名乗りを上げるかもしれない。今のところ最有力候補はお台場とされている。もし都がお台場を候補地として事業者をプロポーザル形式で公募したら、参加する事業者のほとんどが圧倒的ノウハウを持つ海外カジノ事業者になるだろう。首都東京の真ん中に大きな外国資本が、カジノという爆弾を持って既得権益をよこせと言っているようなものだ。

それを野党が容認すると思うかね。経済効果は上がり、当然大きな雇用が生まれる。そ

の一方、東京の一極集中化がさらに加速し、地価高騰、交通渋滞、環境悪化といったトレードオフも生じる。そこで都が目を付けたのが、ここ東京都八丈島というわけだ」

義則の頭の中で、さっきの太平洋戦争末期時代の八丈島とリンクした。

「比喩的に正しいかどうかは別として、都はここ八丈島を外国資本による東京侵略の砦にしようとしているのですね」

と義則が尋ねると、八代は、

「そうだ、この島は右肩下がりで年々人口が減っているし、高齢化にも歯止めがかからない。カジノが出来れば一気に雇用が生まれ、多くの移住者が定住する。当然、大きな経済効果も期待され、島の税収も五〇億は下らなくなるだろう。アクセスも羽田から飛行機でわずか五十五分なので、インバウンドも大いに期待できる」

一呼吸置いて「島焼酎の水割りでいいかな」と言うと、八代はグラスに氷を入れて島焼酎を注ぎ、水割りにしたものを義則に差し出した。だが八代の作ったのは、どちらかと言うと水の焼酎割りだった。

「でもここは国立公園で自然公園法に守られているから、大掛かりな開発はできないのでは？」

と義則が尋ねると、八代は水の焼酎割りをグイッと飲み、

「無謀な森林伐採や環境破壊をしなければ、その辺りはクリアできる。建造物も著しく景観を損なわなければ問題はない」

「だから都市開発コンサルタント会社が調査しているのですね。中路君から聞きました」

「彼らは主に〝白地《しろち》〟と言われる、公図上で地番が付されていない国有地の調査に来ている。民間の土地を買収するよりは、都が国有地を買い上げる方が数十倍も容易だからね。本店が何かしらの情報を得たのだろう、だから君を八丈島に赴任させた。君は流刑だと思っているだろうが、実は真逆の栄転だと私は思う」

そう言うと八代はグラスの焼酎を飲み干した。

「だから八代さんは、ここら辺の土地を買い漁《あさ》っているのですね」

と義則が尋ねると、八代はロン毛を掻き上げ大きい体を後ろに反らせながら、

「おいおい、買い漁るとは強烈だね。まあ、だからと言って他の言葉が浮かんでこないが……」

「もしかして転売する気ですか？」

義則は釈然としないまま尋ねた。

二杯目になる焼酎のグラスを傾け、八代は、

「まっ、私が思うには、この南原千畳岩海岸の土地が統合型リゾート開発にいちばん適しているると思う。何しろこの場所は景観が抜群だ。あとは北東の道路を挟んだ高台にある廃ホテルとその周辺を買い取れば、ある程度の土地は確保できる。だから私はこの土地を買った。

——これだけは断言する、私はこの土地を簡単には売らない、いやディールによっては破談の場合もある」

八代の口調は何かに挑むように荒々しくなった。

「では、なんのために……」

「まっ、長年〝社畜〟のような人生を歩んできた私の、最初で最後の悪あがきってところかな。連中は必ずこの土地を狙ってくる。当然、さまざまな角度からアプローチしてくるだろう。

私の方は売買金額以外にも、売却条件に土地の造成工事は島の建設会社に依頼することや、造成工事時に発生する二酸化炭素排出量を一〇〇パーセントオフセットすることを条項に織り込む。当面押し問答が続くと思うが、おのずとカジノの情報はここに集約される。

その情報をベースに統合型リゾート開設後を見据え、この島の農業、漁業、酪農、水産加工、既存の観光業、飲食業に確実に収益が生まれ、循環経済が成り立つ仕組みを考えたい。今は農業と宿泊が融合したアグリツーリズムを仮説としているが……」

空になったグラスに焼酎を注ぎ、眼光が鋭くなった八代は間髪いれず、

「もう一つの懸念がある。私がこの土地を手放さなくても、日本には世界で通用するコンサルティングファームやデベロッパーが存在する。彼らの手腕にかかれば、開発が可能な土地の候補をベースとした開発計画が出来上がるだろう。仮にカジノが出来たとしたら定住・交流・関係人口も飛躍的に上昇し、計り知れない経済効果を生み出す。しかしそれだけでは、島に明るい未来があるとは言い切れない」

「ただいま〜」

突如、玄関から女性の声が聞こえ、四十代後半くらいの温和なイメージで和服が似合いそうな女性が現れて、

「あら、お客様？」と尋ねた。

「紹介するよ、妻の淳子。妻は島のスーパーでパートをしていて今帰ってきたところだ」

「初めまして、このたび八丈島特別出張所に赴任してきた風間義則です」

義則は軽く会釈をすると、さりげなく腕時計を見た。時刻は既に午後五時を回っていた。初訪問で夕食時まで居座るのは無礼かと思い、

「では、私はこれで失礼します」と義則が帰ろうとすると、

「まぁ、夕飯でも食べてゆっくりしてくだされればいいのに……」

と誘われたが断りを入れ、淳子の軽自動車で自宅まで送ってもらった。

翌日、義則は同期入行で人事部の紺野優馬に、八代大樹の略歴を調べてもらった。

八代大樹は、東北大学理学部を卒業後に入行、配属は情報システム部。その部で副部長になるまで勤め上げ、突如久米川支店に飛ばされている。その後、支店を転々とし、最後に八丈島特別出張所の所長となったあと役職定年となっている。

いわゆる〝情シス〟と呼ばれている専門部署に配属された場合、よほどのことがない限り畑違いの支店配属にはならない。八代が〝社畜〟と言った意味が鮮明になった。義則は当時何かしらの事案があったのだろうと勘ぐったが、それ以上深追いはしなかった。


六月、高校時代に自転車競技部でインターハイに出場した経験を持つ義則にとって、雨が多い点を除けばロードバイクで海風を感じながら疾走する八丈島の大自然は、最高のロ

ケーションだ。

朝は朝日を浴びながら島の東側海岸道路を走り抜け、夕方は夕日を浴びながら「八丈一周道路」西側を駆け抜ける。時には島の南東に位置する三原山の、森や滝がある大自然の中を疾走した。日常が非日常に昇華する、都会では味わえない瞬間である。

とある日曜日、海水浴で子供たちがはしゃぐ声を聞きながらロードバイクで八重根港から千畳岩海岸沿いを走っていると、八代の姿が目に飛び込んできた。八代は芝刈り機で壮大な土地の芝を一人で刈っていた。

「ジャンボさ〜ん」

義則はいつの間にか八代大樹のことを〝ジャンボさん〟と呼んでいた。ジャンボは振り返ると右手を高く上げ、大きく左右に振った。義則はロードバイクを降車してジャンボに近づき、

「こんな広大な土地を、一人で芝刈りですか？　どう考えても十年以上かかる気がしますが……」

ジャンボは額の汗を首に巻いたタオルで拭きながら言った。

「いやいや、この辺に車両が入れるように芝を刈っていただけだよ。実はこの辺りに井戸

を掘ろうと思ってね。もう既に調査は終了しているんだが、この辺りが良いらしい。それを聞いたら居ても立ってもいられなくなって、こうして車両搬入道路と掘削装置が設置できるスペース分の芝を刈っているというわけだ……」

「井戸って、そんな簡単に掘れるものなのですか?」

「まぁ、簡単ではないけれど、大体四〇から五〇メートル掘ればいけると言われている。今の技術であればそう難しいことはない。温泉でも出ればラッキーなんだがなぁ」

ジャンボは、少年のような満面の笑みを浮かべた。

〝社畜〟として生き、メガバンクという既得権益に守られてきた者が突如、野に放たれたら、普通はその場に呆然《ぼうぜん》と立ち尽くしてしまうであろう。しかし中にはジャンボさんのように、生きるべき道をおのずから探すべく力強い一歩を踏み出す者もいる。俺はどっちなのだろう……。

義則が自問していると、ジャンボのスマホに着信があった。

ジャンボは「そうか、分かったありがとう」と言って通話を切り、芝刈り機のベルトを肩から外しながら言った。

「風間君、このあと時間あるかい?」

「ええ、ちょっと暇つぶしに坂上を走ろうと思っていたくらいなので、時間は十分にあります」

八丈島では、主に空港や町役場や多くの飲食店が散在する島の中心を「坂下地区」と言い、「大坂」という坂を登った所を「坂上地区」と言う。大きくそれらに二分されるが、「坂上」には今でも古民家が点在し、歴史を感じる風情があるとともに、町営の温泉施設も七か所あり、自然豊かな情緒あふれる地区である。

「じゃ、私の車で行こうか……」

ジャンボは刈り上げた二メートル幅の芝の道を歩き始めた。義則がジャンボの後を付いていくと、黒いキッチンカーが目に飛び込んできた。

「ジャンボさん、これキッチンカーですか？」

ジャンボはTシャツをめくり上げタオルで上半身を拭きながら、義則の質問には答えず無言で車上部のアンテナを指さした。

「そのアンテナは？」と義則が尋ねると、

「ああ、衛星ネットワークだよ。これがあれば島中空が見える所であれば、どこでもインターネット接続が可能なんだ」

と言って、運転席のドアを開けて乗り込みエンジンをかけた。

走行中、ジャンボは、

「八丈島は海底ケーブルが二本敷設されているが、統合型リゾートとなると最低もう一本敷設しないとならないなぁ」と呟いた。

「東京都の予算で敷設するのですかね」

「まぁ、リターンから考えると、その程度の投資はするだろうな」

道路の両脇には丸い石が積まれている「玉石垣」がある。「大坂」という長い坂道を登りトンネルを抜けると、両脇には「フェニックス・ロベレニー」という南国風の樹々が立ち並ぶ。「フェニックス・ロベレニー」を島民は〝ロベ〟と親しみを込めて呼び、国内シェアはほぼ一〇〇パーセントと驚異的だが、本土で知っている者は少ない。

二十分ほど車を走らせると、学校のような大きな建物とグラウンドが目に飛び込んできた。車は通り過ぎて十メートル先の空き地に停車した。

「さっ、降りて」

ジャンボはシートベルトを外し降車すると、後ろのドアを開けた。後部を見た義則は唖《あ》然《ぜん》とした。後部はキッチンカーにあるようなシンクやテーブル型冷蔵庫はなく、あるのは壁一面に広がる複数台のモニターと数台のパソコンだった。

ジャンボは「よっと」と言いステップを踏んで中に入ると、

「さっ、どうぞ」と義則を導いた。

何台かのパソコンの電源を入れると、先ほどの小学校の校庭がモニタリングされた。ジャンボがジョイスティックでカメラをズームすると、校庭には人が疎《まば》らに数名いる。ジャンボはモニターを見ながら、

「ここは明治五年に開校した古い小学校で、今は廃校になっている。彼らはここら辺をカジノの候補地として仮説を立て検証している。君も知っていると思うが、この辺りには温泉源があるため掘れば温泉が出る可能性は高く、さらに温泉井戸を利用してバイナリー方式での地熱発電も可能だ」

「しかしこの辺りでは、空港からも港からも遠いのでは？」

「確かにそうだけど、そこは二次交通として次世代路面電車ＬＲＴを敷設するとかするだろうな。実際に坂下地区と坂上地区を結ぶ電車が走ると島民の利便性は一気に上がるので、カジノ誘致の機運も一気に上がるだろう」

「港も整備しなければならないですね」

「そうだな、大型客船が入港できる港と、富裕層がクルーザーで来て停泊できるハーバーの建設もしないといけない」

「そもそも何で八丈島なんですかね」

「大阪のＩＲが開設されれば、海外からの観光客は関西に集中するだろう。何しろ近隣アジアの主要都市だけでも二〇億人のマーケットだ。東京都としてはインバウンド客を黙って指を咥《くわ》えて大阪に持っていかれるわけにはいかないので、何かしらの対策はする必要がある、そこでカジノを含む統合型リゾート案が再浮上したのだろう。

　前にも言ったと思うが、お台場を外国資本で占領されたくない。さらにお台場は江東区、品川区、港区の三区に跨《また が》り、小学校も散在している。その三区だけでも人口は一一〇万人だ。その三区すべてが手放しでカジノ誘致に賛成するはずがない。よって矛先をここ八丈島に向けたのかもしれないな」

　ジャンボがモニターを指さして言った。

「ほら、見てみろ」

　調査員らしき男女が、校舎の陰でタブレットを囲みながら何か話をしている。ジャンボは再びパソコン横のジョイスティックで操作を開始した。続いてキーボードでコマンドを打ち込んでいる。さすが元〝情シス〟だけに見事なタッチタイピングである。

ジャンボは義則の前のミラーリングモニターを指さした。モニターには細かな波形が表示されている。

「彼らが話しているあの校舎の窓にレーザーを照射して、会話から出る振動を拾って会話内容を傍受する。今日は風がないから大丈夫だろう」

義則は、中東のどこかの大学が、室内の電球に会話によって生じた微妙な振動を観察するだけで会話の内容を傍受できるシステムを開発したとの記事を読んだことがあるが、まさかそんなスパイ映画のような光景を目の当たりにするとは想像もしていなかった。

「まさかこれ、ジャンボさんの自作ですか？」

と義則が尋ねると、

「ああ、こんな代物輸入したら、税関でえらい騒ぎになるかもしれない。国内では軍事転用の可能性があるので開発されてない。だったら自分で作るしかないと思い、海外のネット記事や論文を参考に、見よう見まねで作った」

ジャンボがそう言いながらパソコン画面の再生ボタンを押すと、パソコンのスピーカーからコンピュータ音声で、

『これで、だいたい三〇ヘクタールですね』

コンピュータ音声は抑揚なく読み上げた。

「三〇ヘクタール？」

「そう、統合型リゾートの最低面積は三〇ヘクタールとも言われている。東京ドーム約六・五個分だ」

「意外と小さいですね……八丈島の総面積の一パーセントにも満たない……」

「ただし、その周辺の開発も進むため、巨大なリゾート地になることは間違いない。そうなると、最低でも一〇〇ヘクタールくらいの規模になると思う」

「壮絶な地上げが始まるかもしれませんね」

「うむ……これだけは私も予測不能だけど、理想は既存のホテルや民宿といった宿泊施設、地産物を提供する飲食店にまできちんと利益を還元できるスキームが必要だと思われる」

辺りは薄暗くなってきた。ジャンボの車で帰路に就く時、無人島の八丈小島に沈む太陽による夕焼けが、これからこの地で起こるさまざまな困難を予見させるように、朱色と灰色の壮大なグラデーションを見せていた。

――この人は一体何者なのだろう……。

# 戸塚海斗と緒方梨花

まもなく梅雨が明けようとしている頃、義則は羽田空港に向かっていた。

機窓からは、眼下に東京湾アクアラインの「海ほたる」が見え、いくつかの貨物船やタンカーがゆっくりと往来している。義則は、今この眼下に広がる巨大都市東京を見ても、気持ちが高揚することはなかった。それほど義則は八丈島カジノ計画に胸を膨らませている。

羽田空港に着くと、すぐに浜松町支店へ向かった。

支店長室に通されると、

「おお～風間君、よく来てくれた」

と、身長一メートル七十八センチ前後、眉目秀麗な戸塚海斗が出迎えた。

戸塚は、大学時代はヨット部で、男子470級のオリンピック代表にも選ばれたことがあるほどゴリゴリの体育会出身のバンカーで、どの支店に配属されても営業マンとして中小企業の社長に可愛がられ、優秀な成績を残している。

「どうだね、八丈島は」

「海と山に囲まれ、スローライフを満喫しています」

「スローライフ……その若さで……」

戸塚は大声で笑った。

「まっ、君のスキルから考えると八丈島はアンダースペックだろうが、任期は二年程度なので腐らず頑張ってくれ」

そう言うと戸塚は義則の左肩をポンと叩《たた》き、ポールハンガーに掛かっていた上着から財布を取り出して、

「飯でも行くか」と、丼ものをかき込む仕草をした。義則は笑いながら、

「昭和ですね～」と返し、二人は支店を後にした。

二人は支店近くの昭和ノスタルジーが漂う蕎麦屋に入り、戸塚はおろし蕎麦に天丼大盛り、義則は冷たい天ぷら蕎麦を注文した。

「さすが体育会出身、大食漢ですね」

「ああ、私は出雲そばがある島根出身だから無類の蕎麦好きなのだが、学生の頃は金がないからいつも蕎麦と大盛りライスを注文して、卓に置いてあった天カスをご飯にかけてカ

ッ喰らっていたよ。いつかご飯に天ぷらがのっかることを夢見ながら……」

終始笑顔で話す戸塚を見て、義則は戸塚がなぜ赴任した先々で中小企業の社長たちに可愛がられるのか、その理由が何となく分かった気がした。

――人たらしだ……。

浜松町支店に戻って月次報告を終え、支店を後にしながら義則は、スマホで緒方梨花という女性に夕食の誘いをメッセージした。

梨花は義則と同期入行、東京理工大出身のいわゆる〝リケ女《じょ》〟で、本店の情報システム部に所属している。同期でもあり、お互い趣味が料理ということで、いつの間にか親しい間柄になった。一時は結婚を意識したが、二人とも互いのキャリアビジョンに近づくのが最優先でもあったので、自然と恋人という関係値は友人へと降格した。

竹芝の東京湾とレインボーブリッジが一望できるカジュアルフレンチで梨花を待っていた。義則が竹芝のレストランを選択したのは、二十二時三十分に八丈島行きの大型客船が出港するためだった。八丈島には翌朝八時五十五分に着くので業務に支障はでない。十時間ほどの船旅であるが、シャワー付きの特等室を予約したのでゆっくりと休める。

向こうから、梨花が軽く手を上げ近づいてきた。ヘアスタイルは肩までのショートボブで昔から変わらない。相変わらず笑顔が眩《まぶ》しい才色兼備な女性だ。

「お久しぶり。どうしたの急に……」

梨花は淡いオレンジ色のレインコートを隣の席に置き、義則の正面に座った。

「もう。東京に来るなら前もって連絡してくれればいいのに」

「八丈島も東京だけどね」

義則が笑顔でそう答えると、梨花は義則の顔に自分の顔を近づけながら、

「あれ～？　いつからそんな天《あま》の邪鬼《じゃく》になっちゃったのかなぁ？」

あまりにも顔を近づけてくるので、義則はのけぞりながら、

「まっ、まずは乾杯しよう。シャンパンでいい？」

と、とっさに発した。笑いながら頷《うなず》く梨花を見て、義則はギャルソンにグラスシャンパンを注文した。

「では、俺の島流しに乾杯」

「カンパ～イ」

義則の心は、今は統合型リゾートという壮大なプロジェクトに関われるという期待で、もはや島流しという言葉すら気にも留めなかった。

「どう？　島生活は」

再び身を乗り出してくる梨花に、義則は、

「うん、自然豊かないい所だよ。食べ物も美味《おい》しいし、島のみんなは優しいし」

梨花はアミューズのオリーブをカクテルピンで刺して口元に近づけ、

「ねっ、オリーブも採れるんでしょ？」

「おいおい、オリーブは採れないよ。恐らくそれは小豆島《しょうどしま》」

梨花はごく稀《まれ》に、物凄《ものすご》く地理音痴なボケをする。彼女の意外な一面だが義則がそこに惹《ひ》かれたのも否めない。

「八丈島の名産は、青果物では明日葉、八丈レモン、〝うみかぜ椎茸《しいたけ》〟かな」

「じゃ、ヨシ君が得意の天ぷらが堪能できるね」

梨花はいつしか義則のことを〝ヨシ君〟と呼ぶようになっていた。義則も悪い気はしないので、友人関係に格下げとなってもその呼び方を許容している。

「ところで昔、情シスにいた八代さんって知っている？」

「知っているよ、ジャンボさんでしょ」

「へぇ～、そこでもジャンボさんって呼ばれていたんだ」

「私が新卒で情シスに配属になった時に、確か副部長だったと思う。翌年には、そう……久米川支店に異動だったかなぁ。あっそっか、ジャンボさん、最後は八丈島出張所だったよね」

「そう、八丈島で役職定年を迎えて、今は島の建設会社の経理をやりながら、自由気ままに暮らしているよ。ところで、なんであんなに優秀な人がいきなり畑違いの支店配属になったのか、さっぱり分からなくて……」

「あの時は、新人だったので詳しいことは分からないけど、メインフレームに脆弱《ぜいじゃく》性があるのをジャンボさんが見つけて、当時の部長ともめていたというのは聞いたことがあるけど……」

「当時の部長って、今の目黒常務？」

「そう。片や畑違いの支店に飛ばされ、片や役員昇格。当時、部内では大騒ぎだったのを覚えているわ」

「それ、もう少し調べてくれないか……無理しない程度でいいから」

　梨花は、ツブ貝のコンフィを一口食べ、

「分かった、当時ジャンボさんに近かった人に聞いてみるね」

と言い、グラスシャンパンを空にした。

義則たちは勘定を済ませると、二人で雨が上がったベイサイドのペデストリアンデッキを歩いた。すると梨花が、

「ヨシ君、彼女出来た？」

と聞いてきた。

「いや〜、なかなか出会いがなくて」

「じゃ、気になる人は？」

「う〜ん……」

その時、義則の脳裏にめぐみの顔が浮かんだが、すかさず首をかしげ、

「いや、いないかな」

「ちょっと間があったってことは、気になる人がいるってことね。良かった」

「なぜ？」

「気になる人がいるってことは、人を肯定的に見ているってことでしょ。それは前向きな姿勢を保っているってことだと思うよ。だからヨシ君は大丈夫、八丈島でも前向きにやっていけるよ。じゃあ頑張ってね」

梨花はそう言って手を振ると、そのままタクシーに乗車した。

八丈島行きの船に乗った義則は、船内の自動販売機で買った缶ビールを開け、事前にターミナルの売店で買った八丈島産飛び魚の燻製《くんせい》を肴《さかな》にしながら、梨花との会話を振り返った。

メインフレームの問題で単にもめただけで支店に飛ばされることはありえない。ジャンボさんが重大なミスを犯したのか？　でも脆弱性を見つけたのはジャンボさんだ。じゃあなぜ目黒さんは部長から役員に昇格したのか？　一体、二人の間に何があったのか？　義則は釈然としないまま、やがて眠りに就いた。

翌朝五時に、義則は船内アナウンスの声で目覚めた。どうやら定刻どおり三宅島に着いたようだ。八丈島に着くにはまだ四時間弱あるが、二度寝ができない性分なので室内にあるシャワーを軽く浴び、ノートパソコンを開いて軽く仕事をした後、船内の食堂で朝食を済ませてデッキに出た。太陽は既に昇っており、穏やかな海面に白波を立てながら、船は八丈島を目指し進んでいる。

目的地のない航海などない。目的地を失いかけていた義則の航海は、八丈島統合型リゾートという新たな目的地を見つけた。ただ、海は決して今見ている穏やかな海ではない。

海図も羅針盤もないまま、ただただ荒波にもまれている……。

義則の心中には、まだ見ぬ目的地に期待を膨らませる一方、そこに無事辿《たど》り着けるかという不安が交差していた。

ほぼ定刻どおりに船は八丈島の底土港に入港した。港では沖山めぐみが迎えに来てくれていた。

## 中路俊平という男

「お帰りなさい」

めぐみの第一声を聞いて、義則は改めて自分が島の人間になったと実感した。

「ただいま。わざわざありがとう」

笑顔で挨拶を交わすと、めぐみの車で出張所に直行した。義則は昨夜梨花に「気になる人」と尋ねられた時に、隣の運転席にいるめぐみの顔が脳裏に浮かんだことを思い出し、なんとも言えない気恥ずかしさを覚えた。

出張所に出社すると、行員たちが一斉に立ち上がり、「おはようございます」と義則に向かって挨拶をした。行員は全部で七名。プロパー（新卒で入社した生え抜きの社員）でUターン者がめぐみを含めて三名、現地中途採用二名、転勤族が義則、最初に出迎えてくれた中路の二名である。

主な業務は窓口での自治体の税公金収納業務であるが、近年メガバンクでは窓口業務を廃止している銀行が多いので、義則は危惧している。転勤族は建設、観光業など地場企業の相談、新規では観光に関係する相談が多く、ペンションやレストラン併設のプチホテル開業資金などの融資相談に多忙で、中路も奮戦している。

観光に関連して居酒屋、レストランの開業やダイビングスクール拡充などが後を絶たないが、それらの相談はやはり島に根付いた「東京諸島信用金庫」が強い。

ごく稀に山っ気のある融資の相談があるが、そのほとんどが島外から来た若者たちである。観光やダイビング等の目的で来島し、島の課題に直面した彼ら彼女らは課題解決の糸口を見つけ、それを事業計画書として意気揚々と持ち込んでくる。

しかし、そのほとんどがアイデアは良いが事業として成り立ちそうもないものばかりだ。事業計画書が持ち込まれるたび、中路は親身になり話を聞いているが、箸にも棒にも掛からない案件が多い。

ある日、二十代の青年が来て、島の生ゴミから生成したバイオガスを再生可能天然ガスに変換し、レンタカーの燃料としたいという事業計画の持ち込みがあった。彼曰《いわ》く、旅行に来た際にレンタカーを借りたが、ガソリン代の高さに驚愕《きょうがく》してこの計画を思いついたそうだ。

確かに八丈島に限らず離島は輸送コストがかさみ、ガソリン代が高いのは事実だが、中路の試算では、島内の生ゴミを収集してレンタカーの燃料にするには、生ゴミの量が圧倒的に足りないとの結論に至った。

義則は、わざわざシミュレーションしなくても最初から分かるようなことでも真摯に向き合い、常に献身的姿勢の中路俊平という部下に惚《ほ》れ込んだ。

# 悪い噂

九月、赴任から五か月が経ったある日、出張所にジャンボこと八代大樹が訪ねてきた。

ジャンボは所長室に入ると部屋をぐるりと見渡し、

「いや～実に懐かしい、この応接セットもそのままだ」

と言いながらソファー中央に腰を下ろした。応接セットは昭和の雰囲気が漂う黒い革張りのカリモク・ロビーチェアで、インテリア好きの義則も気に入っていた。

事務員がお茶を持ってきて一礼し退出したところで、

「ジャンボさん、今日はどのようなご用件で？」

と、向かいに座った義則が尋ねた。

出されたお茶を一口飲んだジャンボは、

「実は融資の相談なのだが、私の勤めている川平建設の社長が、家具工場を作ると言い始めたわけだ」

「家具工場……近いような、畑違いのような……微妙ですね」

川平建設は六〇年代創業で、島では二番目に大きな建設会社である。土木工事が主流で、入札案件を中心として受注は安定しており財務基盤は強固、自己資本比率も八〇パーセントあり島内を代表する優良企業である。

「それが、例の八丈島カジノ建設が採択された場合、土木や道路舗装工事は島内事業者で賄えるが、一方で建築や内装工事は内地の大手ゼネコンが請け負うことは必至。残り、島で取り込める可能性は家具・什器《じゅうき》にあると見込んだ。

家具や什器は、本土で作り上げ船で送ると荷が嵩《かさ》み、輸送費だけでも相当なコストが積み上がる。島内で良質な家具や什器が作れる工場があれば引く手数多《あまた》だろう。設備さえ揃えばあとは本土から熟練工を呼び、若手は高校を卒業して内地に就職した者を好条件で呼び戻せたら、若者のUターンも見込めるとの見通しだ」

「でも万が一、頓挫したときのリスクは相当高いですよね」

ジャンボは義則に計画書を手渡し、

「ある程度はリスク分散するようプランには織り込んでいる。現在の社屋裏に一〇〇坪の土地がある。そこに六〇坪の工場を建築する。坪単価四六万として、空調・電気設備を含めると三五〇〇万、太陽光パネルに国か都の補助金を使うとして自己負担一〇〇〇万、合わせて四五〇〇万が第一フェーズだ。

第二フェーズに工作機械類の導入。これはリース契約するつもりだが、高額な木材のレーザーカッターなどは市場に出回っている中古を購入する。

第三フェーズは、熟練工の確保と島の高校卒業者への呼びかけ。熟練工はそれなりの準備金を積む必要があるし、募集広告にも力を入れたい」

「では、融資はフェーズワンに多少のバッファを織り込んでの五〇〇〇万という感じですか？」

川平建設の今の財務内容であれば与信は十分で、稟議《りんぎ》は間違いなく通るであろう。

「いや、当座貸越一億でお願いしたい」

当座貸越というのは、借主と銀行がある一定期間と極度額の範囲内で、借主の好きなタイミングで借入・返済ができる融資契約である。

確かにジャンボさんから受け取った計画書は完璧なものであった。しかしそれには東京都知事が統合型リゾート構想を表明し、その候補地が八丈島で合意、さらにそれを国が認可するという三つの高いハードルが存在する。恐らくジャンボさんは、M&Aも含めどこかで勝負を仕掛けるタイミングが出てくると読んでいる。そのため一億の当座貸越としたのだろう。ある意味、リスクテイク案件だ。

「分かりました。審査は厳しいと思いますが、支店に稟議を上げておきます」

「ありがとう。よろしく頼む」

二人は握手を交わして、ジャンボは出張所を後にした。


八丈島にカジノが出来るとSNSで噂が広まり、このところ島内が慌ただしく動き始めている。

噂を耳にしたのか一攫千金《いっかくせんきん》を夢見た移住希望者の増え方も尋常ではなく、移住者体験施設の入居は既に一年待ちとなっている。島民は反対派と賛成派に二分され、坂上地区は反対で一致団結している。島の居酒屋ではカジノの話題で持ちきりとなり、島にコンビニが出来るとか、マクドナルドやケンタッキーが出来るとかの半ば期待交じりの噂が飛び交う。

ある日、めぐみと二人で新しくオープンしたイタリアンに入り食事をしていた。オープンしたてのイタリアンは満席になるほど大盛況で、中路も誘ったが野球の日本シリーズがどうしても生中継で見たいと言って今回は参加を辞退した。

——中路君らしい……。

初めての二人きりの食事ということもあり、ギクシャクしている時、二人の耳に妙な噂話が飛び込んできた。

隣席の三人組の男たちの一人が言う。

「あの南原に住むジャンボって男、あの辺りの土地買い漁っているよな。最近井戸まで掘って、カジノ業者に転売見え見えだし。まっ、脳みそが札束で出来ている元銀行マンなんてそんなもんだろ」

その話を聞いて義則は、確かに井戸水を噴水やプールに使えば、単純に水道料金は相当削減できると思った。さらに話を聞いていると、

「ところであいつ、なんで島の出張所に流されたか知っているか？　俺の従兄弟《いとこ》があいつと同じ銀行なんだけど、あいつ、自分の銀行のシステムに不正アクセスしたらしいぞ。多分、他人の預金を自分の口座に移そうとしたんじゃないか？　嫌だね～、脳みそが札束な奴は……」

「いや、そいつの脳みそは小銭だね」

三人は爆笑した。

義則は湧き上がる怒りを何とか鎮めようとしていた。脳みそが札束や小銭という揶揄《やゆ》は

我慢できたとしても、ジャンボさんが不正アクセスしたなどという根も葉もないデマ話に怒りを抑えきれなかった。

義則は立ち上がり、さっきまで話していた男に向かって、

「そのお前の従兄弟とやらの名前を教えろ。行員には当然、内部機密に対しての守秘義務がある。それは法律でも保護されている。お前の従兄弟という輩《やから》は守秘義務違反だ。よって監査部に報告して調査してもらい、それが事実と立証されれば立派な犯罪だ」

「そんなの言うわけないだろう。こいつ笑えるなぁ～」

馬鹿にしたような態度で義則と目も合わせず、投げやりな言葉を吐き出した。

怒りが収まらない義則は、

「じゃあ、お前の名前を教えろ。お前の身辺からその賊を炙り出してやる」

普段は丁寧な言葉遣いをする義則のあまりにも過激な言動に最初は驚いていためぐみは、立ち上がり義則の両肩を掴《つか》みながら、

「落ち着いてください」と小声で呟いた。すると男は茶化すように、

「あ～俺の名前ね～マツモト・キヨシ。実家は薬局で～す」

同席していた男二人が噴き出した。

「話にならん、ごめん、もう出よう」

義則はめぐみにそう伝えると、勘定を済ませ店を後にした。

外に出た義則が、ポツンと一本だけ立っている街頭の下で、強い憤りを何とか鎮めようと深い腹式呼吸をしていると、めぐみがふと夜空を見上げ、

「今日は中秋の名月ですね」

と言って月の方を指さした。

義則がめぐみの指先を追うように空を見上げると、確かにいつもとは違う美しい月が浮かんでいた。

「とんだお月見になって申し訳ない」

詫《わ》びる義則に、めぐみは、

「ほら、影法師……」

と、街灯に照らされた二人の塀に映る影を指さし、再び月を見上げて、

「影法師　月に並んで　静かなり」と句を詠んだ。

それを聞いた義則の怒りは不思議と鎮まり、

「それ、誰の句？」

と問うと、めぐみは、

「夏目漱石です」と微笑みながら答えた。

めぐみは実に純粋無垢で物静かな女性であるが、ごく稀に義則の心に寄り添うような言葉をかけてくれる。

「私の車でお送りします」

イタリアンでは烏龍茶を飲んでいためぐみがそう言った。めぐみは下戸ではないらしいが、いつも烏龍茶か明日葉茶を飲んでいる。

義則はもう少しこの神秘的な月の光を浴びて心を浄化させようと、めぐみの申し出を断り、歩いて帰路に就くことにした。

月明かりの下、ゆっくりと歩いているとスマホに着信があった。相手は梨花であった。

「ヨシ君、ジャンボさんが飛ばされた原因が分かったよ」

やや興奮気味で梨花は言った。

「ジャンボさん、メインフレームに不正アクセスしたみたい」

義則は、さっきのイタリアンでの噂話と梨花の話がリンクした。

「でも、ジャンボさん、当時は情シスの副部長だよね。メインフレームにアクセスできるレベル4の特権IDを持っているのでは?」

「それがね、当時ジャンボさんの部下だったエンジニアから聞き出したの。教えてやるから焼肉奢れって言うから焼肉屋行ったら、まぁよく食べるわ喋《しゃべ》るわで……。その人が言うには、当時部長だった目黒常務からの指示でジャンボさんのメインフレームへのアクセス権限を失効させると同時に、ジャンボさんの端末からジャンボさんの作ったセキュリティ強化プログラムを入手するように指示されたみたい」

「そのプログラムを、サーバメンテナンス時にアップロードしたのか」

「そう。そのあとにそのサイバーセキュリティフレームワークに関する論文を目黒常務が発表して、総務大臣奨励賞を受賞しているのよ。で、当時情シスの部長だった目黒さんが取締役に出世というわけね」

——勝てば官軍、負ければ賊軍というわけか……。

「でも、それだけでは不正アクセスにはならないよね」

「うん、そこがまだ解明できてないのだけど、もしかしたらサーバメンテナンス後にペネストレーションテストと言ってセキュリティチェックするんだけど、それをジャンボさんが勝手に不正アクセスしてセキュリティチェックしたとか……」

いずれにせよ、銀行のためと思って取った行動が仇《あだ》となったということか……。義則は虚《むな》しさを覚えた。

「あともう一つ、ジャンボさんの端末に、バックドアを仕掛けるプログラムらしきものもあったって言っていた」

「えっ……」

銀行のメインフレームにバックドアなど仕掛けたら、万が一外部からの侵入者がそれを見つけたら大惨事になる。ジャンボさんは強い倫理観を持つ人だから、それは何かの間違いだろうと義則は自分自身を半ば強制的に納得させた。

「梨花、本当にありがとう。凄く助かった」

「ほんと、大変だったんだから。ヨシ君、これは高くつくわよ～」

「いや、本当にありがとう、苦労かけたね。今度きちんと埋め合わせするから」

「本当だよ、約束だよ」

「あっ、最後にそいつの名前は？」

「えっ、浅沼健斗《けんと》だよ」

電話を切った後に義則は、今日のイタリアンでの噂話の根源は、元ジャンボさんの部下、浅沼だと確信した。

浅沼という苗字は八丈島内では多数存在し、その他、沖山、奥山、菊池などが多くいる。これらの苗字は江戸時代に代官として八丈島にやって来て、その後も支配層として定住したからであると伝えられている。

翌日、義則は居ても立ってもいられず、昼休み時間にジャンボの元を訪れた。八丈島では訪問する時に玄関チャイムを鳴らす習慣はあまりない。義則は玄関の引き戸を開けると、やや大声で呼んだ。

「ジャンボさ〜ん、風間で〜す」

奥からジャンボが出て来た。

「よう、風間君。さっ、どうぞ上がって」

リビングダイニングに通されると、キッチンにジャンボの妻の淳子もいた。

「風間さん、いらっしゃい。お昼までだでしょ？　大したものじゃないけど食べていって」

ご飯は、「はんばのり」という島で取れる香り高い磯海苔の炊き込みご飯に、主菜はムロアジの南蛮漬け、副菜は明日葉の胡麻和《ごまあ》え、汁物はかんも汁。八丈島ではさつまいものことを「かんも」と呼ぶ。

「わ〜、八丈島づくしですね、遠慮なくいただきます」

「明日葉とかんもは、うちの畑で採れたものだよ。風間君の住んでいる所にも畑があるよね、何か育てているのかな？」

義則の家の畑は、町役場から無償で提供してくれるコンポストに生ゴミを入れて堆肥を作っている最中に雑草が生い茂り、今では腰の高さまで雑草が茂っていた。

「いや〜、雑草だらけでお手上げ状態です」

「ははっ、そんなもんだよ。でも自分が丹精込めて育てたものを食べるというのは、何ものにも代え難い体験になる。まっ、草刈り機を貸してあげるから、まずは汗かいて雑草を刈ってみるといい」

「是非、今度チャレンジしてみます」と言いつつ義則は、長らくチャレンジという単語を自ら発したことがないことに気付いた。

「ところで淳子さん、今日はスーパーのパートはお休みですか？」

「実は、ちょっと居づらくなって辞めちゃったの」

島の噂話のスピードは恐ろしく速い。

「君も知ってのとおり、私は今や島の悪代官だ、島のスーパーに勤める淳子にも白羽の矢が立てられたというわけだ。ただ、淳子は生活のためではなく、島の住民とできるだけ早くコミュニケーションを取りたいがためスーパーのパートを自ら希望して働いていたので、申し訳ない気持ちでいっぱいだ」

のちに義則は知ったのだが、淳子は元大手証券会社に勤めていて、早期退職後は個人投資家として十分な含み益もあったから、特にパートをしなくても配当や投資信託の分配金で十分食べていける、経済的に自立した女性だったのだ。

「ところでジャンボさん、本店情シスの浅沼という人物を知っていますか？」

「ああ、私の部下だった」

「緒方梨花が、その浅沼という人物から直接聞いたらしいのですが、浅沼がジャンボさんの端末からセキュリティ強化プログラムを盗んだとか……」

「知っているよ」と言いながらジャンボは、ピッチャーに入った冷えた明日葉茶をグラスに注ぎ、一気に飲み干した。

「アクセスログ見てすぐ分かったさ。表のログは浅沼が消したみたいだけど、裏で走らせていたログに残っていたからね」

「では、ジャンボさんの不正アクセスは何のために……」

「自分で書いたプログラムだからね。当然責任は私にあるから、擬似的に不正アクセスして、きちんと作動しているかチェックする必要があったんだ。複数の海外匿名サーバ経由でハッキングしたけれど、間違いなくセキュリティは強固なものとなっていた。あとは目黒さんに不正アクセスが私の仕業だと察知されるかだったが、見事に見抜かれてしまったよ」

そう言って爆笑した。一呼吸入れてジャンボは、

「ほら、自分の畑で丹精込めて育てた野菜を食べたら美味《うま》いだろ。私は自分で丹精込めて組んだプログラムが美味いかどうか知りたかった」

と、再び大きな体を揺すりながら爆笑した。

エンジニアのマインドセットって、これが普通なのか……。それともジャンボさんが異常なのか……。義則はこれ以上の熟考はやめた。

翌日、銀行窓口が終わる午後三時頃に、浜松町支店長の戸塚海斗から義則のスマホに着信があった。

「例の川平建設融資の件だが、今日、川平社長が支店に来店され、融資の話はなかったことにしてほしいと頼み込まれたよ。顧客の頼みなので承諾したけど、一体島で何が起きて

いるんだ？　しかもこの件、自分で八代経理部長に直接伝えたいので、君からはダイレクトに経理部長に言わないでほしいと念を押された」

――川平社長まで、ジャンボさんを疑うようになったのか……。

義則は、なんとも言えない虚しさを覚えた。

## 御前会議

十一月、師走が近づくと八丈島カジノ計画の機運は高まり、多くの都職員や有識者が来島するようになった。その頃には東京都副知事も来島するようになり、町長はじめ町役場の職員は多忙を極めた。

結局は、なかなか売却話に乗らないジャンボの土地である南原エリアを一旦プランBとし、坂上の末吉地区を第一候補としたようである。それによりジャンボの悪代官というレッテルは剥がされ、逆に粘って土地を売らなかったジャンボは反対派から英雄扱いとなった。

反面、坂上地区の反対派は、ジャンボが売らなかったから坂上地区が第一候補になったと逆恨みする者も出てきた。

ジャンボの妻である淳子は元のスーパーに呼び戻され、何事もなかったかのように働いている。

一方、年間で一件から二件ある程度の粗暴犯罪が、ここ数か月で十件に達した。それほど平和だった八丈島が今、荒れ始めている。

ある日、めぐみが所長室を訪れ、

「急なのですが、明日、八丈島に目黒常務が来島されるようです。今、常務秘書から電話がありました」

「えっ……」

義則は驚きを隠せなかった。浜松町支店長の戸塚が来島するなら分かるが、師走の慌ただしい中、いきなり国内一、二を競うメガバンクの常務取締役が来島するということは、よほど重要な案件があるに違いない。

「空港の出迎えは、私と中路さんで対応しますね」

「じゃあ、よろしく頼みます」

本来なら義則が迎えに行くべきだが、ジャンボさんとの件もあり、気が進まなかった。器の小さな人間なら、所長である義則が迎えに来なかったことに腹を立てるかもしれないが、日本を代表するメガバンクの常務ともあろう者が、そんな小さなことなど気にもしないだろうと読んでいた。

「ところで、どこに泊まるのかな？」

「宿泊先は八丈国際リゾートみたいです。常務秘書が八丈国際リゾートのオーナー、南雲《なぐも》さんに直接連絡したみたいです」

と伝え、めぐみは所長室を辞去した。

――南雲さん、顔広いなぁ……。

南雲朝光《ともみつ》は、八丈国際リゾートのオーナーでもあり、観光協会の理事長でもある。大学卒業後に大手旅行会社に入社。地域ソリューション事業部に十年間ほど勤務したのち、小さな釣り宿を経営していた父の跡を継ぎ、八丈島一のリゾートホテルにまで飛躍させた、立志伝中の人物である。

次の日、二便で目黒常務が来島し、そのまま出張所に来た。八丈島へは羽田から一日三便飛んでいる。朝八時二十五分に着く一便、昼十三時十分に着く二便、夕方十六時五十分に着く三便で、機体はボーイング737が比較的多い。

目黒が出張所を訪れたのは十三時半。目黒は身長一メートル八十センチと大柄で、髪は若干の白髪が交じるが、顔は五十七歳とは思えない若々しさで、どこかクールな印象がある。銀縁メガネの奥から鋭い眼光が強く感じられ、いかにも理系エリートという雰囲気が漂う。

所長室に目黒を通し、めぐみが明日葉茶を差し出すと一口啜《すす》り、

「この島にカジノが出来るかもしれないというのは既に周知の上で、君にミッションを与える。何としてでも候補地に漕《こ》ぎ着けろ。ヒト・カネ・モノは惜しまない。君をここに赴任させたのも実は私だ。この島にカジノを誘致したら、ここを出張所から支店に昇格させる。初代八丈島支店長にはもちろん君を任命する。

明日の午前十時に、私の泊まっている国際リゾートで島の御前会議が開かれる。それまでに八丈島統合型リゾートが実現されたときのさまざまな効果を試算して、二十部用意しておいてくれ。よろしく頼んだ」

と低めのトーンで言うと、足早に部屋を出た。

今夜は徹夜かも……。そう思いながらも義則は、新入社員当時以来、初の徹夜という二文字に、不思議と気分が高揚した。

「よし鋭意作成、まずは大阪統合型リゾート構想を参考に、八丈島にもたらす経済効果を試算するか」

パソコンとタブレットと電卓を机上に並べ、作業を開始した。あっという間に夕方五時を回ったところで、中路とめぐみが所長室に入ってきた。

「所長、何か私たちがお手伝いできることがありますか」と中路が言うと、

「是非、協力させてください」とめぐみが懇願した。

「じゃあ、二十二時までということでお願いできるかな？　その前に何か夕食と夜食的なものを買ってきてくれないか？」

と義則は財布から電子マネーカードを出してめぐみに渡した。八丈島のスーパーは概《おおむ》ね二十時に閉まる。

「何かリクエストありますか？」

「まぁ、こんな時間だから……」

義則は夕方の惣菜コーナーを頭の中に投影しながら、

「たこ焼き、フランクフルトとアメリカンドッグ……あと、焼きそば」

めぐみがクスッと笑いながら、

「お祭りの縁日みたいですね」

義則は照れくささを押し殺し、

「君たちの分は遠慮なく好きなもの買ってきて」

と言った。買い物はめぐみが担当した。残った中路は、

「僕は何をやればいいのでしょうか？」

「よし、君には大阪統合型リゾート構想をベースに、雇用機会創出数を試算してもらおうかな」

買い物から帰ってきためぐみには、主にカジノによるリスクの洗い出しをお願いした。

午後十時を回ったところで、義則は二人に帰るように命じたが、二人は頑《かたく》なに断った。埒《らち》が明かないと思った義則が、二人を自宅に招いて作業を続ける提案をしたところ、二人は喜んで快諾した。

翌朝、義則は二時間の仮眠後、六時に目覚めると、既にめぐみは夜明けに帰宅した様子で、ソファーに横になって寝ている中路を起こさないように朝食の支度を始めた。

朝食は、最近オープンしたパン屋の食パンをトースターに入れた。ここの食パンは内地のパン屋にも引けを取らないクオリティだ。トーストしたパンには、農家から頂いた自家製パッションフルーツのジャムを塗って食べる。コーヒーは島に唯一あるコーヒー専門店で焙煎《ばいせん》された豆を、ミルで挽《ひ》いてドリップした。八丈レモンを皮ごとすりおろし、バター、たまご、砂糖をミキサーしたイギリスのスプレッド〝レモンカード〟を、島の名物ジャージー牛のヨーグルトにトッピングした。

七時になったところで中路を起こし、二人で朝食を食べた。

――まさか、八丈島でバブル時代の擬似体験をするとは……。

義則は上司から、バブル時代の銀行マンは徹夜続きという聞きたくもない武勇伝を、耳にタコが出来るほど聞いていた。いわゆる〝乱脈融資〟と言われた時代である。

「沖山君にデータを集約して、目黒常務に送信後、プリントアウトしてもらおう」

「所長のチェックはいいのですか？」

と中路が言うと、義則は、

「時間がないのもあるが、私は君たちを信頼している、本当に助かった、ありがとう」

中路はシャワーを浴びに一旦自宅に戻り、午前八時に三人は出張所に出社するや否や、目黒常務からチャットでＯＫマークが届いたのを確認後、めぐみはプリントアウトを行った。二十部プリントアウトした後に中路が製本を行い、午前九時三十分に義則とめぐみは出張所を後にした。

八丈国際リゾートの小宴会場では、既に数名のホテルスタッフが卓と椅子を並べ終えたところだった。めぐみは一席ごと丁寧に資料を置き、ホテルスタッフはグラスに入った水を置き始めた。

その時、目黒常務が部屋に入って来るなり、持ってきた紙袋からプラスチックの会議用席札を取り出して並べ始めた。上座中央に自分の札を迷いもなく置き、左側に町長、その隣に商工会理事長、右側に観光協会理事長、文化保存協会会長の札を置いた。

義則は、「目黒慎二」と書かれた席札を上座中央に置く忖度《そんたく》なしの図々しさは嫌いではなかった。

「いや〜、ギリギリまで出席者の確認を取っていたら、席札を自分で作る羽目になってしまった。カッターナイフなんて小学校の図工授業以来だったもので、逆に新鮮だったけどな」

義則とめぐみは、そう言う目黒常務から残りの席札を受け取ると、左列に農業組合、東京通信、移住促進協議会、いぶき銀行、右列に漁業組合、建設協会、ＤＸ推進協議会、東京諸島信用金庫の札を並べた。

徐々に参加者が入って来た。各々が席札を確認後着座し、手元の資料をめくり始めた。やがて参加者全員が着座した。

めぐみは中央に置かれた卓にＩＣレコーダーを置き、録音ボタンを押すと、目で目黒常務に合図を送った。目黒は躊躇することなく口を開いた。

「皆様、本日はお忙しい中、急遽《きゅうきょ》お集まりいただき誠にありがとうございます。既に皆様ご存じのとおり、今、八丈島にカジノを含む統合型リゾートが出来るのではないかとの噂が広まっております。島では賛成派と反対派に分かれ、小競り合いが日常的に起こっていると聞いております。現にここ二、三か月の間に、過去五年間の粗暴犯罪累計数を大きく上回る検挙数となっていると承知しております。よって、ここはこの島がカジノを含む統合型リゾート建設に賛成なのか反対なのか、その確固たる姿勢を東京都知事並びに都議会に示すべきだと痛感し、本日ここにお集まりいただいた次第でございます。

申し遅れましたが私、いぶき銀行常務取締役の目黒慎二と申します。なお、今回の会議は急を要しましたので、僭越《せんえつ》ながら私が議長を務めさせていただきたく存じますが、異議のある方は挙手を願います」

のっけから、こうグイグイこられたら、異議ありと挙手する者もいないだろう。義則はそう思ったが、案の定、手を挙げる者は誰もいなかった。

「では、異議がないようなので、私が議長として進めさせていただきます。まずお手元の資料一ページ目をご覧ください。資料における数値などは、すべて大阪ＩＲ構想を参考に試算したものです。

まず、建設による経済効果は建設投資額二一五〇億円、建設投資における経済波及効果は三八〇〇億円、同じく建設投資における雇用創出効果は延べ二万人となります」

あまりの数字の大きさに、一同固唾を呑《の》んだ。

建設協会の会長が手を挙げ、

「これは土木工事の費用も含まれているのですか？」

「いえ、敷地をどこに想定するかにより大きく条件が違ってきますので、含んでおりません」

義則は、目黒常務が短時間しかこの資料を見ていないのによく気が付いたと思い、敬服した。

「では、続きまして次のページをご覧ください。開業後の来島者数は、推定年間三〇〇万人となります」

会場がどよめいた。現在の八丈島の来島者数は年間十二万人ほどであるから、一気に二十五倍に膨れ上がることになる。

「続きまして、開業後の直接的経済効果は一二〇〇億円、雇用創出効果は八〇〇〇人となります」

再び会場がどよめいた。それもそのはず、八丈島の人口は年々減少傾向で、今や七〇〇〇人を割ろうとしているのだが、それが一気に倍になる。しかも雇用者の大半は若年層が中心と予想されるので、平均年齢も一気に下がることは必至である。

「これは雇用創出効果なので、実際に家族で移住してきた場合は、もっと人口が増えるという認識で間違いないですね」

と、移住促進協議会の理事長が発言した。

「そのとおりです。保育園、幼稚園、小中高と、受け入れ態勢を整えなければなりません。当然、保育士や教員の増員をしなければならず、今回は立地効果の試算は時間との関係もあり算出していませんが、かなりインパクトのある経済効果と人口増加になると思います」

「病院も整備が必要ですね」

漁業組合会長がそう言って考え込むと、

「電力も、ネットも不足します」

続けてＤＸ推進協議会会長が言った。

「ゴミの焼却炉も容量オーバーになりますね」

と言ったのは農業組合の会長だ。

これじゃあ井戸端会議だな……。そもそもレゾンデートルが異なるステークホルダー同士の合意形成時に起こる悪いパターンに陥ったから埒が明かない。義則は天井を仰いだ。

「想定する課題は潜在も含めて山ほどあると思うので、私どもで一度洗い出しを行っておきます。

さて、インフラを含む課題はこの場で議論することではなく、都と八丈町が議論すべきことなので一旦ここで終了して、次のページをご覧ください」

と、目黒がフリーズしたパソコンをリブートするように、強引に軌道修正を行った。そして、間髪をいれずに続けた。

「開発並びに開業後に八丈町に入ってくる税収は、年間五〇億円と試算しております」

三度《みたび》、皆が「おお～」とどよめいた。

「続きまして一般的なリスクとして、まず反社会的勢力の介入、次にマネーロンダリング、風俗環境の悪化、ギャンブル依存症の増加が考えられます。これらは大阪モデルをベンチマークとしながら、東京都独自の対策を有識者を交え考えていかなければならないかと思っております」

そこで発言があった。

「オーバーツーリズムも考えなければなりませんね。観光ビジネスにおいては十分利益をもたらすかもしれませんが、それは観光に携わる者だけの利益となり、他の島民にとっては不利益が生じ悪影響をもたらすものになるかもしれません。

実際にフィリピンのボラカイ島では、オーバーツーリズムにより一時的に島自体を閉鎖した実例もあります。持続的観光という観点からの考慮も必要かと思われます」

眉間にシワを寄せながら発言したのは、観光協会の理事長、南雲朝光だった。

すると、今まで腕組みをして目を閉じたまま黙考していた文化保存協会の会長が、パッと目を開き、

「このまま人口減少が続くと、八丈島の伝統でもある黄八丈や八丈太鼓といった伝統文化が継承されない可能性も出てきます。逆に移住者が増えれば、アメリカはカリフォルニア州のようにゴールドラッシュからスタンフォード大学が創設され、シリコンバレーが形成されるといった新しいカルチャーが生まれる可能性もあります。この島の未来を考えると、ここは誘致に積極的に動くべきだと私は考えます」

いちばん反対しそうな〝八丈島の黄門様〟と言われている文化保存協会会長、菊池清三《せいざぶ》

郎《ろう》の発言により、会場は一気に賛成ムードに変わった。

　このムードを逃すまいと目黒は、

「では、ここにいる皆さんは賛成ということでよろしいですね」

　と言い、一件落着と思った瞬間、

「あの～、ちょっといいですか」

　町長が控えめに半分ほど手を挙げ、

「ここはひとつ、島民の民意を聞く上でも住民投票を行ってみませんか。島民の大半がカジノ建設に賛成であれば、堂々と公の場で証明するべきかと」

「なるほど、錦の御旗を立てるということですね」

　漁業組合の会長が昭和の仕草っぽく、右手の拳を左手の手のひらの上でポンと叩いた。

「それであれば堂々と推進委員会も設立できますね。では町長、早速議会に上程をお願いします。私たちはこの資料をブラッシュアップして小冊子を作り、島内に配布する準備に入ります」

　そう言った目黒は義則に視線を向け、義則はそれに応えるように強く頷いた。

　目黒を空港に送る最中に、義則は、

「小冊子のデザインは、『いぶきエージェンシー』でいいですか？」

と、同じグループ会社である広告代理店でいいかを尋ねると、

「いや、あそこはセンスがない、大手広告代理店は小回りが利かないから、君が推すデザイン会社があればそこに頼もう、君に一任する。とにかく、いかに島に裨益をもたらすかにフォーカスしてくれ。もちろんリスクも織り込むが、納得できる対応策を入れることで安全安心を訴求してくれ。例えば交通渋滞とか不利益を連想させるのは、逆手を取って無人路面電車敷設など、期待値が上がる文脈にすること。いいか、これはリスクテイクだ」

とアドバイスを受けた。

空港で去り際に目黒は急遽立ち止まり、

「そうだ風間、八代大樹とは一定の距離を保て。これは厳令だ」

と告げ、足早に保安検査場に入っていった。

目黒を見送った義則とめぐみは、早速出張所に戻り、小冊子作りの準備を始めた。

「沖山さん、この人物に連絡をとって、今日中にリモート会議をセッティングしてもらえるかな」

そう言って一枚の名刺をめぐみに手渡した。名刺には、〝クリエイティブディレクター

風《かざ》間《ま》廉《れん》太《た》郎《ろう》〟と書かれている。

めぐみから内線で十六時からリモートミーティングと聞き、リモートではあるが久々に弟に会えると思うと少々心が躍った。

　風間廉太郎は義則の二つ下の弟で、幼少の頃から絵を描くのが大好きな少年だった。そのため大学は芸大に通い、卒業後は大手広告代理店のクリエイティブ局に配属された。入社二年目で広告新人賞を受賞し、それを皮切りに飛躍的な活躍を見せたが、縦割りの社内カルチャーに嫌気がさして退社。その後、個人事務所を立ち上げ、昨年は世界有数の広告祭でゴールドを受賞して、今、広告業界で最も注目されている一人でもある。

　名前の「廉太郎」は、父親が、廉太郎が生まれる前に映画の「滝廉太郎物語」を観て妙に感動して名付けたと聞いている。この時に母親は、滝廉太郎が二十三歳十か月という短命だったことを気にして涙ながらに猛反対したらしいが、映画の感動が収まらない父親は頑として譲らなかったそうだ。

　今のところ義則も廉太郎も父親の頑固な遺伝子は継承していないようだが、涙もろいところはしっかり義則が受け継いでいる。

「やあアニキ、久しぶり～」

満面の笑みで無邪気に手を振る廉太郎に、

「えっ、弟さんですか？　初めまして、風間所長のアシスタントをやっています沖山と申します」

「あっ、いつも兄がお世話になっています。アニキ〜、素敵な女性がアシスタントで、流されて良かったね」

と、相変わらずおちゃらける廉太郎を見て微笑ましく感じ、

「まっ、その話は置いておいて……今日は急ぎの相談だけど」

義則はスライドを共有した。

「廉太郎は、八丈島に統合型リゾートを作る計画があるという話を聞いたことがあるよね。で……今、島は反対派と賛成派に分裂しているんだけど、島全体で住民投票を行って、賛成が過半数以上だったら誘致賛成表明を出そうと決まったんだ」

「誰がどこで決めたの？」

両腕を後頭部に組んで、廉太郎は尋ねた。

「八丈町町長、商工会、漁業組合、観光協会、建設協会、文化保存協会、移住促進協議会、DX推進協議会、そして我々金融機関と通信会社かな……。あとでこのスライドと一緒に

議事録も送るよ」

「なるほどね、島の主要ステークホルダーが揃って合意したというわけだ。で、この資料をブラッシュアップしてくれということね。了解で〜す。で、納期は？」

「中三日……」

「出た〜……でもよくよく考えてみれば、秘密保持契約も締結してないじゃん」

「それはバックデイトで俺がなんとかするから」

「流刑の分際で？」

「軽口叩いている場合じゃない、ＯＫかどうか答えてくれ」

「まっ、アニキだから受けてやるよ。でも高いよ」

「いくらなんだ……」

「う〜ん、俺、日当二〇〇万だから六〇〇万ってところだけど、家族割で半分の三〇〇万円。あっ、印刷はそっちで手配してね」

「分かった、じゃそれで頼む」

「了解で〜す、じゃあ明日にでもラフ送るよ。夜中になると思うけど……。あっ、沖山さん、アニキのことよろしくお願いします。何しろアニキは女性に奥手なもので……ガンガン行っちゃってください。バイバイ」

めぐみも義則も何か言おうとしたが、廉太郎はさっさとリモート会議室から退出していた。

翌日、廉太郎からデータが送られてきた。内容はほぼ完璧なものだった。義則は目黒にデータを送り、確認を取った。翌々日、廉太郎から送られてきたカンプデータをめぐみが内地の印刷会社に送り、オンデマンド印刷と製本をしてもらい、宅配便で四日後に届いた。段ボールの開梱《かいこん》を終えると小冊子を車に積み込み、中路の運転で島の要所要所を巡った。役場や港、空港など公的な場所は、東京都もしくは八丈町のロゴマークが入っていないものは置かせてもらえない。義則たちは、スーパーや雑貨店、ホテルや民宿、飲食店などを細かく回った。午後四時半を回った頃、辺りは夕焼け空に染まった。

「今日は夕焼けが綺麗かもしれませんね、ちょっと見に行きませんか？」

中路の提案に義則もめぐみも賛同し、車は島の夕日スポットでもある「夕日が丘」に向かった。夕日が丘に着くと、平日にもかかわらず多くの島民や観光客らしき人々で賑わっていた。

「今日は一段と綺麗ですね」

めぐみがそう言って、義則が、

「ああ……本当に凄い」

と答えると、めぐみが突然、

「所長……突然ですが私、今月いっぱいで退職したいと思います。本当に勝手言って申し訳ありません」

突拍子もない切り出しに驚きを隠せない義則に、申し訳なさそうにめぐみが言った。

「私の祖父も両親もカジノ誘致には反対しています。私は自然と人情味にあふれた今の八丈島が好きです。もちろん人口減少に歯止めがかからないことは重々承知しています。でも、移住促進協議会も懸命に努力しています。町も島内事業者も雇用拡充のため、あらゆる施策に取り組んでいます。その努力や熱意を無下にするのに強い抵抗を感じています。

そしてご存じのとおり私の実家は料理屋です。古くから島の人々に愛されてきた店です。人口が倍になり、来島者が二十五倍になったら、今いる島民の集いの場がなくなってしまいます」

確かにめぐみの店は観光シーズンになると、平日でも一か月前に予約しても予約が取れないほどの人気店だ。

「この噂が浮上して、当行が賛成の意向をとった時から私の中で葛藤が続いていましたが、この小冊子を配り終えるまではやり切ろうと思っていました」

二人の視線は太陽が沈む無人島、八丈小島に向けられたままだった。やがて陽が沈みかけ、空一面薄明になった。恐らく二人の会話を聞いていたと思われる中路が、何も聞いていなかったかのように、

「マジックアワーだ～」

とはしゃぐように言った。そして、

「あっ、三人で写真撮りましょうよ」

と言い、中路はすぐそばにいた中年男性にスマホを手渡し、お願いした。

「はい、チーズ」と言いスマホのボタンを押した中年男性が、撮った写真を中路に見せた。

中路は確認後に「ありがとうございます」と、額が膝に付くほど深々とお辞儀をした。

中路から見せてもらった三人の写真は、ポートレートモードのためか想像以上に顔も鮮明に写っていて、何より八丈小島を覆うマジックアワーの絵画のような美しさと壮大なスケールに感動を覚えた。

本当は島の人たちにはカジノなんて必要ないのかもしれない。ある意味、この島が市場

郵 便 は が き

料金受取人払郵便

新宿局承認

2524

差出有効期間
2025年3月
31日まで
（切手不要）

1 6 0-8 7 9 1

1 4 1

東京都新宿区新宿1－10－1

**（株）文芸社**

愛読者カード係 行

| | | | | |
|---|---|---|---|---|
| お名前《ふりがな》 | | 明治 大正<br>昭和 平成 年生 歳 | | |
| ご住所《ふりがな》 | □□□-□□□□ | | 性別<br>男・女 | |
| お電話番号 | （書籍ご注文の際に必要です） | ご職業 | | |
| E-mail | | | | |
| ご購読雑誌（複数可） | | ご購読新聞<br>新聞 | | |

最近読んでおもしろかった本や今後、とりあげてほしいテーマをお教えください。

ご自分の研究成果や経験、お考え等を出版してみたいというお気持ちはありますか。

ある　　ない　　内容・テーマ（　　　　　　　　　　　　）

現在完成した作品をお持ちですか。

ある　　ない　　ジャンル・原稿量（　　　　　　　　　　　　）

| | | | | |
|---|---|---|---|---|
| 書　名 | | | | |
| お買上<br>書　店 | 都道<br>府県 | 市区<br>郡 | 書店名 | 書店 |
| | | | ご購入日 | 年　月　日 |

本書をどこでお知りになりましたか?
1.書店店頭　2.知人にすすめられて　3.インターネット(サイト名　)
4.DMハガキ　5.広告、記事を見て(新聞、雑誌名　)

上の質問に関連して、ご購入の決め手となったのは?
1.タイトル　2.著者　3.内容　4.カバーデザイン　5.帯
その他ご自由にお書きください。
(　)

本書についてのご意見、ご感想をお聞かせください。
①内容について

②カバー、タイトル、帯について

弊社Webサイトからもご意見、ご感想をお寄せいただけます。

ご協力ありがとうございました。
※お寄せいただいたご意見、ご感想は新聞広告等で匿名にて使わせていただくことがあります。
※お客様の個人情報は、小社からの連絡のみに使用します。社外に提供することは一切ありません。

原理に潜む不合理の犠牲になるスキームは、何としても阻止しなければならない。義則は衷心からそう思った。

町議会で住民投票案が可決され、投票日は一か月後の十二月十三日となった。

## 裏切り

所長室のドアが激しくノックされ、慌ただしく中路が入ってきた。

「大変です。反対派がこんな講演会を開くみたいです」

と、義則に一枚のチラシが渡された。

チラシの内容は、東京医師会に所属している大学教授の講演である。タイトルは『カジノ建設による地域のリスク』となっている。反対派の誰かがこの教授に依頼したのだろう。主催は〝八丈島みらい会議〟と書かれているだけで、住所も電話番号も明記されていない。

「中路君、この教授の論文の中から今回のタイトルに近い内容のものを見つけ、そのアドレスを送ってくれ」

中路は「御意《ぎょい》」と告げ、一礼して部屋を出た。どうも中路という男は戦国時代に憧れているのか、要所要所で武士言葉を発するのだが、義則は嫌いではなかった。

中路から送られてきた論文を見ると、「地域住民の可処分所得にギャンブルが入り込むと、結果的に地域社会の経済が疲弊する」という内容であった。あとは「ギャンブル依存症のリスク」である。

これらは義則たちが作った小冊子に、想定されるリスクとその対応策として明記されているので問題はないと義則は安堵《あんど》した。

講演会当日、四〇〇人収容できるホールは、ほぼ満席であった。これが全部反対票になるとちょっと厄介だなと思いながら、二階の壁側の席に中路と共に座った。

場内アナウンスで録音・録画の禁止など注意事項が流れ、やがて場内が暗転してオープニング映像が流れた。悲愴感漂う音楽に合わせ、廃墟化した世界中のカジノが映し出されていく。砂とゴミにまみれたアトランティックシティのカジノ……、酒びんを片手に男がうなだれている明け方の韓国江南《カンナム》……、中には生成ＡＩを使ったと思われる凄《すさ》まじく廃墟化したリゾート地もあった。その映像の出来栄えに、義則は思わず没入しそうになった。

やがて、下手から司会者が現れ一礼した。

「ジャンボさん……」

中路が声を押し殺して言った。確かに司会は八代大樹であった。

「皆さん、本日はご多忙のところ多数お集まりくださり誠にありがとうございます。私、本日司会進行を務めさせていただきます八代大樹と申します。どうかよろしくお願いいいたします。

さて、ご覧いただいた映像は、世界中で廃墟となったカジノでございます。もし八丈島がご覧いただいたような荒廃した島になってしまったならば、そこには未来という言葉はありません。私たちの祖先が何世紀にもわたって築き上げてきた伝統や文化も一瞬でなくなります。

私たちの目指す未来ある持続可能な島に、本当に必要なのはカジノなのでしょうか？他人に委ねるのではなく、自分の目、そして耳で感じ取っていただきたい、そんな思いで今回のこの講演会を開催させていただきました。短い時間ではありますが、どうか最後までお付き合いください」

深くお辞儀をした八代大樹に、会場から割れんばかりの拍手が起こった。

続く東京医師会に所属する大学教授のスピーチは、義則の採点では可もなく不可もなく、賛成派を反対派に誘引するのがこの会の目的だとしたら五〇点といったところだった。医師の言うところのリスクは、すべて義則たちが作った小冊子に記述され、その想定対応策も明記されている。医師はエビデンスが取れていないものに触れることはない。

義則は安堵したが、次の瞬間、司会のジャンボの言葉に驚いた。

「それでは、ここでシークレットゲストをお呼びしましょう。平成新進党の山際みつる先生です」

――左派だ！

義則は心の中で絶叫した。

会場から大きな拍手が起こった。チラシにはシークレットゲストの情報はどこにもなかった。まして国内カジノ反対の先陣を行く山際がゲストとは……。義則は一瞬で凍りついた。

山際のスピーチはカジノを〝賭博場〟と言い換え、ギャンブル依存、麻薬、しまいには売春の話までしだした。会場には中高生もいる。相変わらずデリカシーのない男で虫唾が走った。

山際はこの島が、世界中からマネーロンダリング島〝恥丈島《はぢじょうじま》〟と呼ばれるようになるだろうと揶揄した。さらに、大きな超過利潤により極端な格差社会が生まれ、島民は全員富裕層の奴隷となって働くと、ぞんざいな口調で断言した。

この発言に対し義則は、大いに反感を買うだろうと察した。島民のシビックプライド（地域への誇りと愛着）は思っていた以上に高いことを、義則はこの島に来て感じている。

「たわけ……」

義則は小声で呟いたが、前にいた二人の中年女性が後ろを振り返り、義則を見つめて笑みを浮かべた。

一度吐いた唾は飲み込めない。あとはどんな言葉で熱く語っても島民の心に刺さることはないだろう。案の上、トークが終わっても拍手はまばらだった。

ジャンボの締めの挨拶で閉会となり、駐車場を歩いているとめぐみに遭遇した。めぐみは老齢の男性と二人で来ていたようだ。

「所長、お久しぶりです」

「おいおい、所長はやめてくれ、風間さんでいいよ」

「所長、まだ私、有休消化中ですので一応行員ですよ」

義則が後ろに立っている男性に視線を向けると、その視線に気付いためぐみは、

「あっ、紹介します、私の祖父です」と言った。

その、年の頃八十代と思われる男性が一歩前に出て、

「どうも。めぐみの祖父の正一《しょういち》です」

と軽く会釈をした。沖山正一は老齢ながら背筋がピンと伸び、某大物演歌歌手さながら

の貫禄で、日焼けした顔が印象的だった。

「そうだ、せっかくだからうちで夕飯食べませんか？　おじいちゃんの料理は絶品ですよ」

義則は中路と目を合わせ、互いに意思を疎通させて頷くと、

「お言葉に甘えさせてもらってもよろしいでしょうか……」と答えた。

「今日の朝、なかなかの魚が釣れたからおじゃりやれ」

と、正一は八丈方言を交えて歓迎した。あとから聞いた話によると、息子に店を任せてからは、小型船舶を購入して船釣りの毎日を送っているという。正一の日焼けはそのためだった。午後七時に沖山家集合ということで、一同は一旦解散となった。

時間になって義則と中路はタクシーを呼び、「大賀郷の沖山正一さん宅まで」と運転手に告げた。八丈島のタクシー運転手は、概ね場所と氏名を告げるだけで目的地までスムーズに連れて行ってくれる。

沖山家の玄関でめぐみが迎えてくれた。

「さぁ、どうぞ～」

二十畳はある広いリビングダイニングに案内された。外観からは想像もつかない一九五

〇年代ミッドセンチュリーインテリアとなっており、椅子はイームズ、テーブルはハーマンミラー、照明はジョージ・ネルソンと、どれも一九五〇年代を中心として活躍したデザイナーの作品である。義則は三六〇度見渡しながら、

「凄いインテリアですね。完璧なミッドセンチュリーインテリアじゃないですか」

と、やや興奮気味に言うと、

「いや〜、これは息子がコーディネートしてくれてね。息子は大学で建築工学を学んでいた関係もあり、好きなのだろうね」

アイランド型キッチンで魚を捌《さば》きながら正一は答えた。

「で、今はお父さんの跡を継いで料理人ですか」

「息子から直接聞いたわけではないが、息子の本来目指すべき姿はインテリアデザイナーだと思う。息子が大学卒業後に大手ディスプレイ会社に就職して二年目の秋、私が心筋梗塞で倒れドクターヘリで都内の病院に搬送され、そのまま入院していた時に会社を辞めて店を手伝ってくれた。そこからそのまま島に定住し現在は郷土料理店の店主として店を切り盛りしてもらっている。今はこのめぐみの兄、勇気が店を手伝って、将来は店を継ぐ意志を持っているので、息子には残りの人生、好きなようにさせてあげねばと考えている」

義則は、川平建設が家具の製作工場を新設する点とこの話は自然と結びついたが、なぜ川平社長が計画をやめたのかは腑《ふ》に落ちなかった。

めぐみが家庭用ビールサーバーで冷凍庫から出したジョッキに四杯目を注ぎ終えテーブルに置くと、正一が、

「まずは乾杯しよう！　そうだ、今日はめぐみの〝お疲れさま会〟としよう。めぐみ、五年間お疲れさま、乾杯」

皆が「乾杯」と発し、キンキンに冷えた生ビールを飲んだ。

この時義則は、初めてめぐみが両手でジョッキを抱えビールを飲んでいる姿を見て、なんだか微笑ましく感じた。

ビールを半分ほど飲んだ正一が、

「今日の刺身は、メダイ、キンメ、赤サバ、ムロアジじゃよ」

と言いながら、大きな皿に綺麗に盛り付けられた刺身の盛り合わせをテーブルに置いた。

八丈島の刺身の食べ方である、島で採れた青唐辛子を醤油皿で潰しながら各々が刺身を堪能した。

「島焼酎は麦、芋、麦芋混合、水も炭酸も、裏庭でもいだ八丈レモンもありますから、あ

とは各々好きな飲み方で楽しんでください」

そう言うとめぐみはキッチンに小走りで行き、何か酒のあてを作りだした。

義則は赤サバの刺身を頬張った。赤サバはハチビキという魚で、関東のスーパーではまず見かけることはなく、島内で消費される赤身の魚である。

義則は、

「正一さん、今日の講演会の率直な感想をお聞かせください」と聞いた。

正一は、島焼酎の水割りを一口飲むと話し始めた。

「うむ、正直な感想を言うと、賛成派を反対派に誘引するという本来の目的は果たせなかったと思う。いや、率直に失敗だっただろう。八代君からは山際代議士をシークレットゲストで呼ぶとは事前に聞いていたので暴言を危惧していたが、あそこまで酷《ひど》い内容は想定外だった。まぁ、八丈島島民をなめていたな。反対派が賛成派に寝返ることはなかろうが、あれでは賛成派が反対派に鞍替《くらが》えすることもないだろう」

めぐみが明日葉の天ぷらと、うみかぜ椎茸のバター焼きを卓に置くと着座し、

「島民はシビックプライドが高いですからね、特にUターンの若者たちは物凄く高いですよ。移住してきた若者たちとハッカソン（IT技術者のチームによる一定期間でのシステム

開発）なども頻繁に開催していますし、ＳＮＳでの情報発信もこまめにやっています」

と言うと、中路が明日葉の天ぷらを隣島、青ヶ島の〝ひんぎゃの塩〟に付けながら、

「彼らは、カジノ誘致に賛成なのですか？　それとも反対？……」

と尋ねた。めぐみは、

「他力本願ではなく、自分たちの力でこの島の課題を解決しようという意識が高い若者たちなので、大部分は反対ですね。でも、中には所長たちが作った小冊子に共感し、賛成している人たちも少なくないと思います。彼らの目指すべき姿は、〝活気あふれる過疎〟と提言していますから、人口増加に関してはあまり刺さらないと思います」

「五十年前だったら、間違いなくヘルメットとゲバ棒持っているでしょうね」

と中路が冗談まじりに言った。

とにかく限りなく反対派を縮小させない限り、新東京国際空港建設時の三里塚闘争と同等規模の大惨事を生む可能性も否めない。反対派が少数であれば、革新政党や新左翼活動家の関与も薄いと考えられる。

十時半を回ったところで、義則と中路はタクシーを呼び帰宅した。

## 島民投票

　十二月十三日、島民投票が始まった。投票結果は即日に発表され、島民には防災無線で知らされた。

　投票率は前回の町長選を大きく上回り七九パーセント、賛成四一〇九票、反対五三七票で、賛成が八八パーセントと圧倒した。

　扱いは小さかったが、住民投票の結果はメディアでも取り上げられ、結果が分かった直後に義則は目黒常務に電話を入れ、報告した。

「そうか、よくやった。まずはお疲れさん。しかしこれで安心することなく、反対五三七票を団結させずに無力化させることに尽力してくれ」

　と激励された。

　義則の心は決して穏やかではなかった。何としても反対派を縮小させ滅裂させなければ、本採択されたタイミングで紛争が起こることは目に見えている。そうなれば連日メディアでその模様が放送され、観光客の足も遠のく……。ましてや島の宝である子供たちにトラウマとなるような光景を見せることだけは避けなければならない。

この結果をジャンボさんはどう捉えているのだろう？　しかし目黒常務から距離を置くように厳令されているので、会うに会えないもどかしさもある……。

投票結果を踏まえ、八丈島に注目が集まった。マカオ系とラスベガス系事業者の事務所が開設された。メディアの取材も後を絶たなかった。都内の宿泊やレンタカー業者も、冬の閑散期に入ったにもかかわらずキャパオーバーで、懸念していたオーバーツーリズムを予見しているという感じを受けた。

二〇二四年一月、年が明けても慌ただしさは収まるどころかますます拍車がかかり、いぶき銀行以外のメガバンクも支店の新設を検討し始めた。来島者が一気に増え、いちばん迷惑を被ったのは、島外の八丈島ファンの観光客であった。彼らは閑散期となる冬も来島してくれ、大自然に触れながら、長閑《のどか》な八丈島を満喫して帰るのだが、宿も満室、レンタカーも予約が取れず、お気に入りの郷土料理店も満席で、のんびりと海を見ながら温泉に入ることさえできないで帰っていく。島民は、心苦しいまま八丈島ファンを見送ることとなる。

二〇二四年二月のある日、義則にめぐみから電話があった。

「所長、大変です。今すぐジャンボさんの家に来てもらえますか?」

電話口から尋常ではない様子がうかがえた。義則は中路を引き連れ、車を南原千畳岩に走らせた。

南原に入ると驚くべき光景を目の当たりにした。ジャンボが所有する土地に大型車両が入り、土地の造成工事を行っている。造成と仮囲いを同時に行っているせいか、仮囲いはまだ半分にも達していないので、工事現場は外から丸見えだ。

ジャンボの家の前には、めぐみが呆然と立ち尽くしていた。

「沖山さん、ジャンボさんは?」

「それが、留守のようで……、車は軽トラだけです」

ジャンボの所有する車は、黒いキッチンカーと普段淳子が使っている軽自動車と軽トラの三台だ。

作業している油圧ショベルを見ると「百瀬組」と書かれている。平成二十年頃、内地に行っていた一人息子が跡を継いだ土木業者だ。三人は作業中の油圧ショベルに駆け足で近づき、運転手に大きな声で尋ねた。

「この土地の造成に関する依頼主は誰か知っていますか」

強面《こわもて》の操縦者はショベルカーのエンジンを切り、

「ああ、『上海不動投資』って会社だよ」

と教えてくれた。そして話すうちに、意外なことを言った。

「ここの土地を買ったから造成してくれと手付けで現金二〇〇〇万置いてって、残りの二〇〇〇万は工事完了後に振り込むって。どう見積もっても二〇〇〇万で十分な気がしたけど、ここ数か月、公共工事の入札がなかなか落とせなかったもので、気が進まなかったが受けちまったよ」

と酒やけボイスで投げやり気味に話した。

「失礼ですが……」

「あっ、俺……社長の百瀬」

とヘルメットを脱ぎ、仏頂面でちょこんと頭を下げて再びヘルメットをかぶり、ショベルカーのエンジンをかけた。

「中路君、役場に行ってこの土地の地番を調べてもらえるか？　地番さえ分かればオンラインで登記内容が確認できる……俺はスーパーに行ってジャンボさんの奥さんに会ってくる」

義則は駆け足で車に駆け寄る、とめぐみが、

「私も何かお手伝いすることありませんか?」

と息荒げに尋ねてきた。義則は、

「悪いが君はもう部下ではないので、私が指示を出せる立場ではない、ごめん」

と言って車に乗り込みエンジンをかけようとしたところ、後部座席のドアが開き、めぐみが強引に乗ってきた。

「さっ、急ぎましょう」

普段は物静かなめぐみが、ドラマに出てくる女刑事さながらの口調で告げると、中路がクスッと笑った。

義則とめぐみをスーパーで降ろすと、中路は急発進で役場へと向かっていった。

義則がスーパーの中を見渡すと、ジャンボの妻、淳子が棚にスナック菓子を補充していた。

「淳子さん」

義則が声をかけると、こうなることを察していたかのように落ち着いた口調で、

「今日は、あと三十分ほどで上がりますので、どこかでお待ちいただけますか」

と静かに答えた。

義則は人目につかない所と考えたが見当がつかず、

「出張所で待っています」

と伝え、スーパーの外で中路を待った。十分ほどして中路が戻ってきて、運転席から窓を開け、義則に向かって首を大きく左右に振った。

二人が車に乗ると同時に中路が言った。

「ダメでした。でも申請はされているようですが、まだ登記は完了していないようです」

「そうすると、ここ数週間の締結ということだな。それにしても何でジャンボさんは土地を売ったのだろう。しかも、よりによって中国系企業に……」

「ところで、奥さんはいましたか？」

「ああ、パートが終わったら出張所に来てもらう約束をした。じゃあ、先に沖山さんを送っていこう」

車は再度千畳岩に向かい、めぐみを降ろすと出張所に向かった。

出張所に着いた時、淳子は既に応接室に通されていた。

「お待たせしてすみません。今日お宅にお伺いしたら、大きな車両数台でジャンボさんの土地の造成工事を行っていました。工事会社の百瀬組の社長に尋ねたところ、上海不動投資という会社に依頼されたとのこと。もう何がなんだか分からなくなって、ジャンボさんも不在だったので淳子さんに聞けば何か分かるかと思い、失礼を承知の上でパート先まで押しかけた次第でして……」

淳子は、困惑している義則の目を真っ直ぐ見ながら、臆することなく言った。

「八代でしたら、もう島には居ません。どこに行くかも告げずに離婚届と三〇〇〇万円入った通帳と印鑑を私に渡して、一週間前に出て行きました。その時に『中国資本の会社にこの土地を売ったが、必ず戻ってくる。そして君に何か嫌がらせや危険があったらいけないので、離婚届を役場に提出すること。それと同時に君は家を引き払い、どこか新しい所を借りなさい』とも言われました」

それにしてもなぜ逃げたのだろう？　義則はあまりにも身勝手なジャンボに怒りを覚えたが、淳子の表情は冷静さを失ってはいなかった。

「私と八代は、移住促進協議会が主催する婚活イベントで知り合いました。もともと自然が豊かな離島に興味がある私は、そのイベントに参加して、あわよくば良い人と出会い、八丈島に移住できればと思い参加しました。

私も八代も共にバツイチで中年ということもあって反りが合い、何度か私が八丈島を訪れると、八代は島の魅力をたくさん教えてくれました。

そして四回目に来島した時に、八代の方から結婚の申し出がありました。でもそれは契約結婚の提案だったのです」

「契約結婚……偽装結婚ではなく？……」

義則は、未だ怒りが収まらないままに尋ねた。

「はい。お互いの行動に干渉しないこと、独立採算制とすること、契約期間はどちらかが死亡もしくは自立不能になった時まで。途中解約の場合は違約金一〇〇〇万円など……恐らくこれらは八代の身に何かあったとき、私に迷惑がかからない配慮かと思われます」

「でもなぜジャンボさんは、あなたに三〇〇〇万円渡したのでしょうか？」

「多分、八代の優しさかと……。私は将来この八丈島で、カウンターだけの小さな小料理屋をやるのが夢でした。昼から夕方にかけては子ども食堂、夜は八丈島の食材を使った京料理のおばんざいを中心とした小料理屋を営もうと思っています。

私は生まれも育ちも京都でして、幼い頃から京料理に親しんでおり、八丈島の食材は京料理とも相性が良いと思っています。あえもの、炊き物、西京漬けなどを提供し、お客様が料理とお酒を楽しまれ、子供たちも笑顔になる。そんな温かいお店を目指したいと思っています」

義則は、淳子が真実を述べているのだと確信しながら尋ねた。

「今は、どこにお住まいなのですか？」

「今は、知り合いのゲストハウスの一室を間借りして暮らしていますが、ちょうど一階が店舗で二階が住居の七〇〇万円の中古物件が見つかりましたので、明日にでも契約するつもりです。古い物件なので改装費に三〇〇万円ほどかかるそうですが、違約金の一〇〇〇万で収まりそうですので、なんとかそこで残りの人生を過ごそうかと考えています」

「でも、もらったのは三〇〇〇万円ですよね」

「はい、でも契約にはないお金なので手は付けないでおこうかと……」

「運転資金はどうするのですか？」

「はい、投資信託の分配金が年二回あるので、当面は問題ないかと思っています。場合によっては今運用している株の一部を売却することもあるかもしれません」

義則は、経済的にも精神的にも自立した淳子こそ、中年女性のロールモデルだと感じた。恐らくジャンボもその部分に魅力を感じたに違いない。

それにしても、あまりにも身勝手なジャンボの行動には強い憤りを感じる。

淳子が帰った後、義則は事の一部始終を目黒常務に報告した。目黒は、まるで想定済みかのように沈着冷静に、

「まず、三つ伝える。これは厳令だ、そして質問はするな。

一つ、上海不動投資とは一切接触するな。

二つ、マスコミの取材には一切応じるな。

三つ、八丈島統合型リゾート推進協議会を設立しろ」

三つの厳令を伝えると、目黒は電話を切った。相変わらず一方的に厳令を伝え、その理由は教えてくれない。

しかし以前、八代とは距離を置けと言った理由が今になってやっと分かった。ジャンボさんと接触していたら、今頃は当行が土地買収に関与したとかでマスコミの格好の餌食になっただろう。しかも今回は当事者が失踪という疑惑付きだ。

〝元メガバンク行員、謎の失踪　裏に隠された中国マネー〟などのタイトルで捲《まく》し立てるに違いない。

翌日から、危惧していたジャーナリストたちの取材が始まった。

特に「週刊アルファ」の中年記者で、顔から陰湿さが滲み出ている友近の執拗《しつよう》な取材攻撃は悪質だった。

淳子はスーパーに迷惑がかかるからとスーパーを辞めたが、「週刊アルファ」の友近は淳子が間借りしているゲストハウスまで昼夜を問わず押し寄せるので、淳子は必要最低限の荷物を持って朝一の便で逃げるように離島した。

土地の造成工事を請け負った百瀬組の社長は、マスコミ慣れしていないためかバカ正直にありのままを友近に伝えたようだった。

火の粉はジャンボの元部下でもあった、めぐみにまで飛び火して、友近はめぐみの家まで押しかけ、隙あらばジャンボの不倫相手にでっち上げようとしていた。

一週間後、「週刊アルファ」にて、〝常春の八丈島、中国企業に身売り、隠された闇の全貌〟と大々的な見出しでスクープされ、上海不動投資と百瀬組の現金裏取引、妻を置き去りにして失踪した元メガバンク行員八代大樹……かなりデフォルメされた内容で、特に元銀行員でもあった八代大樹に至っては、在職中の不正アクセスの過去も暴かれ、背後に巨大な中国マネーが存在することの示唆までしている。週刊誌の内容はSNS上でも拡散され、今や八代大樹は時の悪人となっていた。

一方、八丈島民のプライドはズタズタに切り裂かれ、島全体に脱力感が漂い、居酒屋などはいつもの活気を失っていた。

いちばんトバッチリを受けたのは百瀬組で、仮囲いは落書きだらけとなり、観光名所の南原千畳岩海岸の景観を著しく阻害した。

そして迷惑系ユーチューバーも多く上陸し、宅地造成中の工事現場からライブ配信を行う者、まるで聖地巡礼かのように、マカオ系カジノ事業者の事務所、いぶき銀行、淳子の勤めていたスーパー、間借りしていたゲストハウスなどを直撃レポートする者までいた。

## 仲山都議会議員

そんな渦中に、義則は目黒から与えられたミッション、八丈島統合型リゾート推進協議会の発足に向けて動き出していたが、町役場や八丈支庁からはすべて不参加との返答をもらい、それに伴い商工会、農協、漁協などの団体も「検討中」と慎重な姿勢となり苦戦を強いられていた。

残された、いぶき銀行、東京諸島信用金庫、東京通信などの企業を中核法人として、移住促進協議会、建設協会、観光協会、DX推進協議会を加え、取り急ぎスモールサイズでスタートした。

協議会は、今の騒ぎの鎮火後における活動計画に優先順位を付けて議論した。まず都議会議員で統合型リゾートに積極的な議員の洗い出しを行い、面談を申し込むことを最優先事項として合意し、協議会はそのミッションを義則に託した。第一に、今年の夏に行われる都知事選に出馬の匂いを放っている議員に接触する。それが一丁目一番地である。

会議終了後に目黒常務に会議内容を報告して、議員リストを「いぶきリサーチ」にお願いしたい旨伝え、翌朝、目黒常務特命特急案件として、グループ会社のいぶきリサーチに議員の抽出とリスト化をお願いした。

夕方、いぶきリサーチから議員リストが上がってきた。最終リストはカジノ賛成派政党のホームページ、ブログ、SNSから東京に統合型リゾート誘致を匂わせている議員をピックアップし、さらに「島嶼《とうしょ》エリア創生」を提唱している議員にフラグを立てた。次に現職の区長も加え、次の都知事選に出馬の可能性のある者をAIにピックアップさせ、最終的に候補者を三名までに絞り込んだ。

中路に略歴をそのリストに加えてもらい、目黒常務に行内専用チャットで送った。

送信後、すぐに目黒から着信があった。目黒はいつもレスポンスが恐ろしく早い。

「この仲山という議員は、次の都知事選に出馬するかもしれないと噂されている議員だな。出世欲もあり山っ気もある。慶明大学のヨット部で同世代だから、浜松町支店長の戸塚がコンタクトを取れるかもしれない。私から戸塚に一報入れとく。明日にでも君から戸塚に詳細を入れてくれ」

目黒はそう伝えると早々に電話を切った。

義則が改めて仲山議員のプロフィールを見直すと、確かに「慶明大学体育会ヨット部」

と書かれていた。生年月から推測すると、恐らく戸塚の二学年下の可能性が高い。翌日、義則は朝一で戸塚に電話した。

「ああ、昨日の夜に目黒常務からいきなり電話で『風間からの依頼を受けてくれ』と言われて電話を切られた」

相変わらず即行動して即電話を切る人だと、義則は頭の中で苦笑いしながら、

「実は八丈島カジノ誘致で仲山都議会議員の力を借りたく思い、目黒常務に相談したところ、戸塚さんの慶明時代のヨット部の後輩ではないかとのことで、是非とも面談をセッティングしていただければというお願いです」

「ああ……仲山ね……一学年下だったたな。俺は一浪しているから、歳は二つ下だけど学年は一つ下だな。コンタクトはすぐ取れるから取ってみるよ。セッティングはいつ頃がいい？」

「私は来週であればいつでもスケジュール調整します」

「了解、また連絡する」

そう言って戸塚は電話を切った。

三日経ち、戸塚から電話があった。

「来週火曜の夜、白金の寿司屋で会食することになったが、それで大丈夫か?」

「ありがとうございます。もちろん大丈夫です」

「じゃ、時間と場所はチャットする。あっ、目黒常務も同席するそうだ」

電話を切った後、義則はこのプロジェクトに対する目黒常務の気概をひしひしと感じた。

白金の寿司屋「伊富」に着くと、個室に案内された。一番乗りは義則、次に戸塚と目黒常務が現れ、約束時間の二分遅れで仲山議員が到着した。

「戸塚先輩、お久しぶりです」

仲山議員は四十二歳、顔もスタイルも抜群、見た感じ自己肯定感がやや高い好印象を受けた。戸塚は目黒常務と義則を紹介し、それぞれ名刺交換を行い席に着いた。

四人はビールを注文し、目黒が仲山議員にお酌して乾杯。そのあと仲山議員が、

「で、戸塚先輩から相談と聞いてきたのですが、今日はどのような件ですか?」

と切り出した。すかさず目黒が、

「先生もご存じのとおり、週刊誌のスクープを皮切りに、八丈島がカジノを含む統合型リゾート地になるのではないかとの噂が先行しておりまして、メガバンクで唯一出張所があり、八丈島を古くから知っている当行は、統合型リゾートが出来たときの島の経済効果と

雇用創出を考えると、この構想は何がなんでも実現したいと思っております。

　そこで先生が次の都知事選に出馬する意思がおありでしたら、是非ともマニフェストに八丈島統合型リゾート構想を織り込んでいただければと、勝手ながらお願いに参った次第でございます」と切り出した。

　仲山は、ビールと共に提供された突き出しのホタルイカを箸でつまんで頬張りながら、

「なるほど。私自身、以前から多摩・島嶼地域の創生には力を入れています。同時に八丈島は有人国境離島として、内閣府でも重要な保全施策が実施されています。ただ、これがカジノとなると話は別になりますね。

　いちばんの課題は、周辺の島にもたらす経済波及効果です。大阪統合型リゾートの立地効果は大阪だけに留まらず、京都、奈良、滋賀、兵庫、和歌山までに及びます。しかし離島は陸続きと違い、周辺にもたらす経済波及効果に期待が持てません。

　他の島の経済波及効果の試算を出せますか？　出せるのならこの話、お受けしましょう」

　竹を割ったようにスパッと切り出した。その後は、ミシュラン三年連続一つ星の寿司を堪能しながらヨット部時代の思い出話に花が咲き、二時間ほどで会食は終了した。

三人で仲山議員を乗せたタクシーが走り去ったのを見届けると、目黒が、

「意外と硬いな」と呟き、

「もう一度、二人きりで会って本音を聞き出してくれ。野心がある者ほど、どこかに欲という隙があるはずだ」

と戸塚に指示した。そして、

「風間は他の諸島にもたらす経済効果を試算してくれ。範囲は伊豆諸島だけでなく小笠原諸島も含めろ。無理やり絵を描いても構わない。総研の鳥谷社長に私から依頼しておく」

と告げ、待たせてあったタクシーに乗車した。

「総研」とは同じグループのコンサルティング会社で、国内コンサルティングファームでは最大手である。義則は、目黒の無茶振りに困惑しながらも戸塚を見ると目が合い、二人は何かを決意したかのように無言で頷いた。

翌朝、「いぶき総研」の鳥谷社長に電話を入れた。

「ああ、昨日、目黒常務から連絡があった件ですね。パートナーの小泉という者をアサインしましたので、小泉に伝えてもらえますか？　今、電話を小泉に回しますので……」

そして小泉が電話口に出た。

「今からチームメンバーに招集をかけますので、今日の十五時に弊社に来ていただくことは可能ですか?」

オペラ歌手の低音バスのような深く響く重厚感ある声で言った。

義則はいつもの客船ルートで帰る予定で、出航まで十分時間があったので、十五時にブリーフィングの約束を取った。

いぶき総研は、虎ノ門スクエアのビジネスタワーにオフィスを構えていた。タワーを見上げ義則は「空が狭いなぁ」と呟いてタワーに入り、自動チェックイン機にメールで送られてきたQRコードをかざしてゲートを通ると、エレベーターで二十二階を目指した。

総研は二十二階の全フロアを賃借しているようで、エントランスの中央に円形カウンターの受付があった。十五時に小泉とのアポイントがあることを告げると会議室に案内された。

会議室では既に小泉らしき人物と三十代後半ぐらいの男性が二人、二十代後半と思しき女性が一人の計四名がスタンバイしていた。電話の声で想像していたとおりの風貌の、オーダーメイドだと思われるべっ甲フレームの眼鏡をしているのが小泉であった。

四名と名刺交換を行った後に本題に入った。小泉は、三十代前半で八丈島の若造が下僕の分際で一人でのこのこ来やがってと言いたげな蔑んだ態度で、会議椅子がひっくり返るほどのけぞりながら義則の話を聞いていた。

しかし、話が核心に触れ始めると身を乗り出し、興味深く聞き始めた。べっ甲メガネの奥の、小泉の理知的で鋭い眼光を義則は感じ取った。

小泉はしばらく黙考していた。義則は、小泉の頭には一体何個のCPUが組み込まれているのかと考えていたところ、

「はっきり言って、金で解決するしかないですね」

電話で聞いたとおりの低音バスで話し始めた。

「八丈島を中心とした伊豆・小笠原諸島に裨益をもたらすようなスキームは非現実的です。この際、観光財団を発足させ、その原資を他の島にばら撒《ま》くというスキームが良いと思います。

財団は統合型リゾートで潤う金融、航空、海運、電力、情報通信、建設、警備、総合商社を設立メンバーとして、そこから理事、評議員、監事を選出して設立後に賛助会員を募り、その財源を他の島の観光原資として活用してもらう。もちろん、東京都には従来どおりの補助金を続けてもらうのが前提ですが、一島あたり年間平均一〇〇〇万ほどの補助金

があれば十分かと思います。

当然、各島から毎年使途目的をプロポーザルしてもらう必要はありますが……」

義則は、短時間でスキームの根幹を作り上げる発想力に深い感銘を覚えた。

「これを幹に枝葉を付けていきますので、二週間ほどお時間を頂戴したいのですが、よろしいですか?」

「はい、何とぞよろしくお願いします」

と深く一礼して会議室を退出した。

エレベーター前まで小泉を除く三名が見送りに来てくれた。腕時計を見ると十六時三分、きっちり一時間以内でブリーフィングを終えるのはさすがである。

小泉に負けまいと頭をフル回転させた義則は、急に甘い物が食べたくなり、目黒にチャットで報告後、以前の勤務先大手町支店近くの和栗モンブランの店に迷いもなく向かっていた。

仲山議員との会食から四日経過した時、戸塚から電話があった。

「仲山は、どうやら今の後援会に不満を持っているようだ。広報活動が素人同然でホームページもイケてなく、ＳＮＳのフォロワー数も全然伸びないので結局、同志会の会員数も頭打ちとのことだった。

報告がてら目黒常務に相談したところ、今、いぶきがリテナー契約しているＰＲ会社から、若くて腕が立つ広報担当を一名後援会に出向させるそうだ。

ところで、例の資料は再来週上がるそうだが、目黒常務からＳＮＳのフォロワー数が伸び始めたタイミングでアポを取るように指示があったので、面談は今月末くらいかと思う。

じゃ、頑張って」

そう言うと電話が切れた。

――電話を切るのが早い……だんだん目黒常務に似てきたな。

呟きながら義則はパソコンとスマホを使って、仲山議員のオフィシャルサイトやＳＮＳを閲覧した。ホームページは我慢できるレベルだが、ＳＮＳが酷い。写真やコメント、ハッシュタグひとつとっても素人以下なのは、素人の義則が見ても分かる。フォロワー数も一六〇人と残念な状況である。

義則はせっかくの機会だからと思い、フォローボタンを押した。翌日から義則のルーティンに仲山議員のＳＮＳチェックが加わった。

数日後、ホームページはリニューアル中だと思われるが、ＳＮＳの投稿内容や写真のクオリティが見違えるほどアップした。朝のジョギング、カフェでの昼食、休日は葉山でセーリング……妻の誕生日にケーキを囲んでツーショット……、完璧なパーソナルブランディングが出来上がり、あっという間にフォロワーは一万人を超えた。

その後ホームページもリニューアルされ、政策や理念も伝わりやすく、何よりコンピュータグラフィックスをふんだんに使った映像の出来には驚愕した。プロの手にかかるとこうも違うものなのか……改めて義則はクリエイティブのチカラというものを思い知らされた。

総研の小泉との約束の二週間が過ぎようとした時に、小泉から計画書がオンラインストレージ経由で送られてきた。内容は完璧なもので、これであれば仲山議員は納得してくれるだろうと義則は確信を持った。

確かに八丈島の他島における経済的貢献度の可視化は完璧である。あとはそのお金に熱を加え温もりあるお金にすれば、そこに利他の精神が生まれ、伊豆・小笠原諸島の再生と一体感に繋《つな》がる。その熱を加えるのが義則のミッションだと決意した。

月末の面談は仲山議員の事務所で行われた。こちらのメンバーは前回同様、目黒、戸塚、義則の三名である。事務所は渋谷区の閑静な住宅街にある一軒家の一階を改装して作られ、二階は仲山議員夫妻が住居として使用しているようだ。

「こちらが計画書になります」

と言いながら義則は、〝東京宝島観光財団設立計画書〟という三十ページほどの計画書を仲山議員に差し出した。

一ページ一ページ丁寧に義則が説明していると、仲山議員は、「なるほど」「いいですね」などの相槌《あいづち》を打った。義則は一とおり説明を終えると最後に、

「単にお金をばら撒くのではなく、いかにお金に熱を加え温かいお金にするかという利他の精神が、今後の課題かと思っております」と言った。

「分かりました。素晴らしい計画書です。私もなんとか東京都が八丈島に統合型リゾート施設を建設できるように尽力します」

仲山議員はそう言いながら立ち上がり、互いに握手を交わした。

玄関口まで見送ってくれた仲山議員の半歩後方に、ＳＮＳで見た仲山議員の奥様、仲山葉月が笑顔で立っていた。実に凛《りん》とした雰囲気の女性である。義則たちが深々と頭を下げると、仲山葉月も深々と頭を下げた後、見送ってくれた。仲山葉月はのちに渋谷区長とな

る。

三人でタクシーがつかまえられる大通りまで歩いていたところ、目黒が急に風情のある店構えの蕎麦屋を指さして言った。

「どうだ、一杯やっていくか」

するとと戸塚が、

「えっ、まだ四時ですよ……」

と慌てて返答したが、既に目黒は暖簾《のれん》をくぐり店内に入るところだった。

「とりあえずビールでいいか」

と聞く目黒に「はい」と二人は答え、目黒は店員に瓶ビール二本を注文した。戸塚は目黒にお酌をして、義則が戸塚にお酌をし終えたところで、目黒が義則に片手でビール瓶を向けた。義則は慌ててコップを両手で持ち、目黒のお酌を受けた。義則のコップは目黒が勢いよくビールを注いだため泡だらけで、泡がコップからあふれたが、目黒はそんなことは気にせず、

「まずは第一関門通過といったところだ。引き続きよろしく」

と言って三人は乾杯した。

卓には、目黒が勝手に注文したカツ煮、板わさ、だし巻き卵、そば味噌焼きが並べられ、平日の夕方から役員と酒を飲むという、ちょっと贅沢《ぜいたく》な時間とつまみを堪能した。

「どうだ、島は鎮火したか？」

だし巻きに大根おろしをのせながら、目黒は義則に尋ねた。

「もう完全に鎮火していますね。ジャーナリストらしき者も迷惑系ユーチューバーらしき賊の姿も皆無です。唯一景観を損ねていた工事現場の仮囲いの落書きも、島民が声をかけ合ってボランティアで洗い流しました。その時は反対派・賛成派関係なく、大人も子供も参加して総勢二〇〇名くらいで洗浄したのですが、その光景はＳＮＳでも話題となり、反響も大きかったです」

「海外でも話題になったようだよ」

と戸塚が言うと、目黒は、

「油断は禁物だぞ、もう一度兜《かぶと》の緒を締め直せ。せっかくだから、もう少しお前らは飲んでいけ。まだ蕎麦も手繰ってないだろ」

と言って、一万円札二枚をテーブルに置いて店を後にした。

二万もかからないだろう……と義則は思ったが、目の前には健啖家の戸塚がいた。戸塚はさっきまで義則の隣にいたが、目黒が帰るや否や義則の前に席を移し、食いしん坊丸出しの顔でメニューを見ている。戸塚は悩んだあげく、カツ丼と天ざる大盛りを、義則はおろし蕎麦を注文した。

二人で蕎麦をすすりながら、義則が、

「結局のところ、仲山議員は次の都知事選に出馬するのですかね」

と尋ねると、戸塚がカツ丼を頬張りながら言った。

「う〜ん、今まさしくシミュレーションしているところではないだろうか。選挙公約の目玉が東京都八丈島統合型リゾートと、かなり大胆な切り口だからなあ」

最後の一口分の蕎麦を食べ終えた義則が言った。

「八丈島の住民投票の結果と東京宝島観光財団設立計画などで、伊豆・小笠原の票は強固なものになるとしても、恐らく二万票。現職の都知事の人気は高いですからね」

「目黒常務のことだから、これから大規模なメディア戦略を仕掛けるだろうな……。テレビ番組の出演も含め、それだけ今回の構想は飛び道具であり、メディアバリューが高い」

二人は運ばれてきた蕎麦湯を飲み終え、会計を済ませると店を後にした。

# 埋蔵物

二〇二四年三月。義則が八丈島に戻ると、いつもの長閑な光景が広がっていた。常春の島と言われているが、陽射しが出ている昼は比較的温暖でも夜は少々冷え込む。

このシーズンになると観光の目玉は、春の風物詩「フリージア祭り」だ。三十五万株のフリージアが壮大な敷地に咲き誇る。また、冬のキラーコンテンツでもあるザトウクジラを船上で見るホェールウォッチングツアーもまだ行われているので、この時期は八丈島観光を十分満喫できる。

招かれざる来島者もいなくなり、島も本来の姿を取り戻しつつあった。ジャンボの妻、淳子も島に戻ってきており、着々と店の開店準備を始めている。

三月下旬、義則が赴任して間もなく一年を迎えようとする春、淳子の小料理屋がオープンした。店先には、いぶき銀行、東京諸島信用金庫、めぐみの実家の郷土料理店、淳子のパート先のスーパーや、お世話になっていたゲストハウスのお祝いスタンド花が並んで賑わいを見せていた。

店は午後三時から夕方五時までは子ども食堂、夕方六時から夜十一時までは小料理屋という内容で、カウンター席八席のこぢんまりとした店である。

小料理屋のお通し代が五〇〇円と少々高めだが、そのうち三〇〇円が子ども食堂の材料費に充当される。それに島の漁師、農家、酪農家の方々が食材を無償で提供してくれるので、食育としての役割も担っている。

義則と中路は混雑が予想される開店当日を避け、開店三日後に店を訪ねた。

カウンターの奥には、偶然にも沖山めぐみと祖父の正一が座っていた。

「あれ、沖山さんに正一さん、奇遇ですね」

と義則が言うと、

「もう、めぐみは行員じゃないから、『沖山さん』と畏《かしこ》まって言わなくてもいいんじゃないかな」

と正一に突っ込まれ、義則は照れくさそうに言い直した。

「失礼しました、めぐみさん……いつから来ていたの？」

「開店と同時に入りました」

めぐみは満面の笑みで答えた。

そのやり取りを見ていた淳子が微笑みながら、

「生ビールでいいですか」と義則に尋ね、義則は「お願いします」と返答した。

カウンター越しに見える棚には、既に二十本近い島焼酎がボトルキープされていた。まじまじと棚を見つめる義則に気付いた淳子は、

「あっ、これ予想以上に島の方々に立ち寄っていただいて……あと、ちょっと見ていただけますか」

と言いながら、棚に付いている左右の扉を引いて中央で閉じると、ホワイトボードとなった。

「子ども食堂の時にちょっと勉強も教えようかなと思って。めぐみさんのお父様のアイデアなの」

そう言って、再び扉を元の位置に戻した。

「いやー、本当に感心します」と義則が言うと、淳子は照れくさそうに、

「再び、こんな私を温かく迎え入れてくださった島の人々や子供たちに、何か恩返しがしたくて」

と言いながら、小鉢に突き出しを盛り付け、二人に差し出した。

「いや～、誠に淳子殿には感服つかまつる」

と中路が言うと、全員が爆笑した。

「ところで店名の〝あやめ〟の由来はなんですか」

と義則が聞くと、淳子は、

「はい、あやめの花言葉は『希望』というのはご存じでしたか？」

義則と中路は無言で顔を見合わせ、二人とも首を横に振った。

「この島の人々みんなに希望を持って生きてほしい。そして何より私自身が希望を持って生きなきゃという願いを込めて付けました」

義則は、行方をくらましたジャンボの顔が脳裏をよぎり、苦々しさを覚えて深く嘆息した。

「次、何を飲まれますか？」

「では、島焼酎のボトルをお願いします。水で割ります。あっ、島レモンがあればくし切りでお願いします。中路君も同じでいいよね」

「はい、馳走《ちそう》になり申す」

と再び武士言葉で中路が答えると、めぐみがクスッと笑った。

カウンターには清水焼の大皿におばんざいが盛られ、これを順番に出してくれるおもてなしで、何周しても料金は変わらず、好きなおばんざいをお代わりすることもできて料金は定額である。——ここには戸塚さんは連れてこられないな、と義則は心の中で笑いながら、小鉢のムロアジ梅肉和えを口に入れた。

二十時を回った頃、店のドアが開き、一人の男が入ってきた。

「あら、百瀬さん……いらっしゃい」

義則と中路とめぐみは、男の顔を覗《のぞ》き込んだ。

間違いなく南原千畳岩の造成工事を行っている百瀬組の社長、百瀬新一であった。百瀬新一の歳は五十代後半、短髪浅黒、体格はガッチリしているが若干腹が出ている。身長は一メートル七十二センチほどで、顔面凶器といった風貌である。

「今日は、いつもより遅いのね」

と、淳子は百瀬がキープしていた島焼酎のボトルと氷を入れたアイスペールを差し出した。

グラスに氷を入れながら、百瀬は酒やけボイスで、

「いや〜、千畳岩の工事で土器の破片みたいなのがボロボロ出てきてさ。役場に相談したら、埋蔵物発見届を出してほしいと言われ、さっきまで役場にいたもんでね。で、そのあ

とは警察署とたらい回し……」

今この店にいる者全員が、百瀬の発する言葉の一語一句を聞き逃さないよう聞き耳を立てていた。

「なんでも役場の担当者が言うには、文化庁長官に届けて工事は当面中止で、調査が入った場合は最大三か月工事を中断しなければならないらしい」

そう言うと、グラスに入った焼酎を一気に流し込んだ。

すると淳子が、島たくあんを細かく刻んでポテトサラダと和えた突き出しを差し出しながら、

「私の京都の実家近くでも遺跡が発見されたことがあるわ。もともとマンションを建てる予定だったのが、重要な遺跡と認定されて建てられなくなりましたよ」

と言うと、百瀬はさらに落ち込んだ様子で、

「あそこは埋蔵文化財包蔵地じゃないことは知っていたし、上海不動投資の奴らが明日にでも工事やってくれと急《せ》かすものだから……。

それにしても参った。まさか海側《うみそば》の土地から土器が出てくるとは思ってもみなかったよ」と嘆いた。

義則は、ジャンボが遺跡のことを知っていてあの土地を売却したのかもしれないと勘ぐった。もしもそうだったら、さすが元バンカーで計算高い。

「まっ、あとは試掘で歴史的価値がないものと判断されるのを祈るしかないなぁ」

するとと、奥にいた正一が、

「八丈島の湯浜遺跡は割と海に近い所だから可能性はあるぞ。それは金に目が眩《くら》んで工事を請けたお前さんが悪い。自業自得だ」

まるで自分の子供を叱るような強い口調で百瀬を一喝した。間髪いれず正一は続けて、

「大体お前はビッグスターになるとか啖呵《たんか》切って島を捨て、父親の葬式にも顔を出さず、結局全然売れずにのこのこ島に戻ってきて、母親が切り盛りしてきた会社に入って図々しく社長になったんだ。島の建設会社がどれだけお前の会社に仕事を回してやったか、その恩義も忘れて中国企業から現金積まれて目が眩み、真っ当な段取りもせずに工事を行った結果がこのざまだ。今さら泣き言言っても島中誰も助けてくれんぞ。深く反省しろ、馬鹿たれ」

いつもは温厚な正一が、百瀬に向かってさらに激しい言葉を放った。

百瀬はうなだれながら、

「だけど結局は、ジャンボが土地を中国企業に売らなければこんなことは起きなかったわけだし……」

と投げやりな言葉を吐き出した瞬間、店内の空気が凍りついた。

「ごめんなさい、主人の勝手で皆様に迷惑をかけてしまって……」

淳子がそう言うと、百瀬は慌てて、

「いや、淳子さんは全然悪くないから気にしないで、ズボラな俺が悪いんだから」と繕った。

義則は、淳子が「主人」と言ったのを聞き逃さなかった。恐らくまだ離婚届は出していないのだろう。淳子は本当にジャンボが帰ってくると信じているのだろうか？　義則はおばんざいの高野豆腐を箸で二つに割りながら思いを巡らせた。

場が一気に白け、他の客も入ってきたタイミングで、沖山家に続き義則と中路も店を後にした。

数日後、国から調査団が派遣され、試掘調査が開始された。三週間ほどの試掘調査の結果、文化財である可能性が非常に高いと判断されて本掘《ほんくつ》調査に入ることが決定し、造成工事は三か月ほど中断となった。

その頃「週刊アルファ」に、築地にある上海不動投資の本社にジャンボが出入りしていることをスクープした記事が出た。記事には写真も掲載されており、写真に写る男の背格好から義則は、ジャンボに間違いないと確信した。

なぜこのタイミングで上海不動投資にジャンボが出入りしたのか？　義則の心は疑問に覆われていた。

一方、本掘調査は着々と進められ、中でも銅鐸《どうたく》が出土した際にはかなりの話題となった。銅鐸は弥生時代に製造された釣鐘型の青銅器である。近畿地方や中国地方で多く出土しているが、伊豆・小笠原諸島をはじめ日本の離島では、瀬戸内の島々を除いて初めての出土である。

八丈島では樫立《かしたて》地区で、昭和三十七年に縄文時代の竪穴《たてあな》式住居跡三軒、屋外炉二基、土器、石斧《せきふ》、そして多数の石器類が発見されている。

今回の本掘の範囲は五ヘクタール、東京ドーム約一個分であるため、統合型リゾートの最低基準とも言われる三十ヘクタールを欠くことになる。今後本掘の範囲を拡張することになれば、間違いなく南原千畳岩エリアは候補地として除外されるだろう。

本掘が進むさなか、マカオ系事業者は早々に八丈島から撤退し、ラスベガス系事業者の一社のみとなった。

## 夏目宗則

とある日、目黒常務から義則に電話があった。

「風間か、明日の一便で真田ホールディングスの最高マーケティング責任者の夏目さんがそっちへ行くそうだ。二泊三日らしいから、どこかで夏目さんと君ら推進協議会が会食できるように段取りしてくれ。あと、夏目さんは相当なグルメらしいぞ」

と言い電話は切られた。

真田ホールディングスは、パチンコ・パチスロをはじめとする遊戯メーカーで、ゲーム、エンタメ、スポーツ、リゾート施設を運営する国内最大のエンターテインメント企業である。近年は海外にも進出し、韓国やシンガポールの統合型リゾート施設においても輝かしい実績を積んでいる。

真田ホールディングスの最高マーケティング責任者の夏目宗則は、米国でＭＢＡを取得後、大手飲料メーカーで数々のヒット商品のマーケティングを手掛け、真田ホールディングス入社後には、日本企業で初めて海外でのカジノを含む統合型リゾートの成功者として、メディアからも注目を集めている。

義則は、取り急ぎめぐみに電話を入れ、頼み込んでめぐみの父が経営する郷土料理店の個室を二日間押さえてもらい、中路には丸三日、他の予定をすべてキャンセルするよう指示した。

真田ホールディングスが八丈島へ視察に来るということは、統合型リゾートのプロポーザル参加に意欲を示している証しでもあり、いぶき銀行にとって大口融資のチャンスでもある。

慌ただしい動きの中、義則はめぐみに電話をした際彼女の、覇気のなさが気になっていた。

中路は、東京諸島信用金庫、東京通信、移住促進協議会、建設協会、観光協会、ＤＸ推進協議会などに片っ端から電話をかけ、会食があるかもしれないので二日間予定を入れずにおいてほしいと連絡し、翌日に義則と中路が夏目を出迎えに空港に向かった。

一便が到着して次々と乗客が降りてきたが、それらしき一行が見当たらず困惑していたところに目黒常務から電話があった。

「風間、一便ではなく自家用ヘリで向かったらしい。八丈島で空港以外にヘリポートはあるか?」

義則は頭をフル回転させ、

「はい、八丈国際リゾート別館にあります、すぐに向かいます」

と言って電話を切り、八丈国際リゾート別館へと車を走らせた。

義則たちが海沿いの八丈国際リゾート別館に到着した頃、上空からけたたましいローター音が鳴り響き、中路が「間に合った」と安堵の言葉を放った。

すかさず、二人は着陸したヘリコプターに近づき夏目宗則を待つと、それらしき人物がヘリポートから降りてこちら側に歩いてきた。夏目宗則は五十歳前半の中肉中背で清潔感あふれる紳士だった。オーダーメイドと思われるチャコールグレーのスーツは、夏目のエグゼクティブな品格を表している。

二人は夏目らしき人物に近づき、義則が話しかけた。

「失礼ですが、夏目さんでいらっしゃいますか?」

「そうですが、何か……」

「八丈島統合型リゾート推進協議会の風間と申します。今日か明日の夜、是非とも八丈島一の郷土料理店で会食の機会を頂ければと思いまして……」と熱願すると、

「ほう、八丈島の郷土料理ですか……興味ありますね。今日は予定が入っていますが、せっかくの機会ですので明日の予定はキャンセルしてそちらを優先します」と答えた。

「それでは、明日十八時半にこちらにお迎えに上がります」

と伝え、深く一礼した後、別館を後にした。

夏目はそのまま役場に行き町長と会談した後、八丈国際リゾートのオーナーである南雲朝光の案内で、島の要所要所を視察した。明日葉農園、ロベ農園、漁港、くさや加工場、明日葉加工場、観光協会、商工会、建設協会、八丈高校などを精力的に回った。翌日には、末吉を中心とした坂上地区から植物園、郷土歴史館を見学し、最後に千畳岩を見学してホテルに戻った。

八丈国際リゾートの南雲から、真田ホールディングス御一行がホテルに戻ったことを確認し、義則と中路がホテルに迎えに行った。

八丈島で有名なめぐみの実家の郷土料理店には、普段は開放していない離れがあり、特別なもてなしがある時だけ開放している。真田ホールディングス御一行と統合型リゾート推進協議会のメンバーは、その離れで会食した。

夏目は郷土料理の話や八丈島の伝統文化の話に熱心に耳を傾け、時には質問するなど、場は大いに盛り上がった。

　タイミングを見計らい、義則は言った。

「夏目さん、ズバリ八丈島統合型リゾート計画に、真田ホールディングスが手を挙げる可能性はありますか？」

　義則のストレートな質問に、協議会メンバーは一瞬凍りつくと同時に、全員が夏目宗則に注目した。

　夏目はしばらく目を閉じ、やがて目を見開くと低い声で、

「是々非々で考えれば、答えはノーです」

　協議会メンバーは、落胆した表情でメンバー同士顔を見合わせた。

　続けて夏目は、

「確かに八丈島にカジノを含めた統合型リゾートが出来ると、八丈島には大きな裨益が生まれ、当然、国にも東京都にも大きな経済効果が生まれるでしょう。しかしサスティナブル的な観点から勘案すると、決して持続可能を見据えた計画ではないと私は判断しています。

　これからの新規事業や投資案件は、経済的合理性に持続可能性を加えて判断するべきだ

と私は思っています。恐らく都と採択された事業者間との契約期間は三十五年。だとしたら、三十五年後にこの島は崩壊します。採択された事業者は契約期間が満了したら撤退する可能性が高いでしょう。

　今までの株主至上主義から考えれば当たり前ですが、私はそのような、未来に無責任な事業には興味が湧きませんし、やる気も起きません。三十五年後、事業者が撤退したらどうなるか、皆さん想像したことがありますか？　働く場を失った者は全員、島から出ていくでしょう。住居は空き家となり、廃校になる小中学校も出てくるでしょう。

　そして三十五年間、何もしなくても人口が増えたこの島に、もう一度活力をと思っても、なんのアイデアも浮かばず行動も起こせません。当然、ぬるま湯に浸《つ》かりレジリエンスを失った島民には、新たなイノベーションを生み出すパワーもないでしょう。

　仮に皆さんのお子さんが十歳だとしましょう。三十五年後は四十五歳です。結婚して子供も生まれているかもしれません。そのタイミングで地獄を見せることになるのですよ」

　場にいるすべての者が反論できなかった。いや、中には正論と受け取った者もいたであろう。確かに我々は三十五年後のことは全く考えていなかった。

　建設協会の会長が、やや挑むような口調で、

「東京のお台場でも同じですか？」

と質問すると、夏目は、

「仮にお台場でしたらそうはならないでしょう。国際コンベンションホールは十分再活用できますし、ホテルはたかが建築面積三パーセントのカジノがなくてもＭＩＣＥ（国内外の企業や団体の会議やイベントの場）として誘致を積極的に行えば、十分な客室稼働率は保たれると思います。東京のお台場には、それだけのソフトパワーがあります」

「できれば、真田ホールディングスさんでやってほしいなぁ」

と、移住促進協議会の理事長がボソッと呟いた。

「もちろん最終的な判断は取締役会での決議となりますから、今は私の見解を述べているだけですのでお気を悪くなされたのなら申し訳ありません。今回のことが仮に頓挫しても、八丈島とは何か縁を感じましたので引き続きよろしくお願いします」

深々と頭を下げる夏目を見て、義則は彼の紳士的な態度に好感を持った。

会食後、すぐに義則は目黒に一部始終を報告した。

報告を受けた目黒は、「そうか分かった」とだけ言って電話を切った。

丸の内いぶき銀行本店ビルの最上階役員フロアの常務室で、目黒は窓の外を見つめていた。冷たいガラス越しに無数に広がるビル群の光と影を見ながら、目黒は髪の毛を掻き上げ嘆息した。

翌日の早朝、めぐみから着信があった。義則は、前回電話した際にめぐみの覇気のない声が気になって近々連絡しようと思っていた矢先だったので、即座に折り返したが、やはり覇気が感じられない声でめぐみが出た。

# 約束

「なぜか、祖父が風間さんと二人で話をしたいと言っているので、近々うちにいらしていただくことは可能ですか」

義則は早い方が良いと、とっさに判断し、

「今日の夕方で良ければ行くけど」と答えると、

「本当ですか、祖父も喜びます」

めぐみはそう言って電話を切った。

沖山家へ向かう車中で義則は、最近、淳子の店〝あやめ〟で二人を見かけていないことに気付いた。

沖山家に着くと、めぐみは夕飯の支度の最中だったようで、エプロン姿で義則を迎え入れた。家に上がるとめぐみは、玄関から続く廊下の突き当たり右側の部屋に義則を案内した。

義則が部屋に入ると、見たことがない機器が置かれ、鼻からチューブのようなものを付けた正一の変わり果てた姿が目に飛び込んできた。

「私は夕飯の支度がありますので……」

とめぐみは言い残し、部屋を後にした。部屋には義則と正一の二人きりとなり、正一は義則を手招きして、か細く弱々しい声で言った。

「風間君、察しのとおり私は末期癌《がん》で余命数か月と医師から宣告を受け、今、在宅医療を行っている。医者が言うには、もって三か月だそうだ。家族からは入院治療を勧められたが、そうなると都内に入院しなければならない。私は、この八丈島で最期を迎えたい。

ただ一つだけ心残りがある、それは孫のめぐみだ。あの子は気立ても良く謙虚でありながら芯も強い、本当に我ながら自慢の孫だ。唯一欠点を言えば、恋愛に奥手だ。君も薄々感じていると思うが、めぐみは君に恋愛感情を抱いている。幼い頃からめぐみを見ている私にはそれがひしひしと伝わる。そして君もめぐみのことを意識していると私は感じている。どうか、めぐみの幸せを君に託したい」

正一はそう言った後、義則の右手を弱々しく握った。

義則は込み上げてくる涙を止めることができなかった。同時にめぐみを必ず幸せにすることを心に誓った義則は、

「正一さん、めぐみさんを必ず幸せにします。ご安心ください」

と涙ながらに伝えた。

正一の頬に一粒の涙が伝い、

「安心したよ。これでいつでもあの世にいける」

と言い、もう片方の手で弱々しく義則の左手を握った。

義則は静かに部屋を出て、めぐみに気付かれないよう涙を拭いてリビングダイニングへと戻った。

食事の支度を終えためぐみは、正一の分だと思われるお盆に、惣菜とほぐした焼き魚にお粥《かゆ》を載せていた。こんな時、通常なら義則に正一と何を話したのか尋ねるところだが、謙虚なめぐみは何も聞いてはこなかった。

「食事の邪魔になるので、これで失礼するよ。お邪魔しました」

とだけ言い残し、義則は沖山家を後にした。

# 不正取引疑惑

上昇気流に乗った仲山議員の人気にはさらに拍車がかかり、テレビ番組のワイドショーにコメンテーターとして出演するなど、多方面で活躍していた。

義則は、仲山議員のメディア露出が増すたびに、「週刊アルファ」の記者、友近の陰湿な顔が浮かぶ。このまま無事に都知事選を迎えられればいいが……。

戸塚の話だと、大学時代から仲山は生真面目で、結婚後も浮ついた話もなく家族想いだそうだ。往々にして、本人にその気がなくても、あの友近だったらあらゆるトラップを仕掛けてくるに違いない。まっ、目黒常務であれば既に広報担当者も送り込んでいるし、脇をがっちり固めているだろう。余計な心配は無用と思い一旦は忘れることにしたが、義則の胸騒ぎは依然収まらなかった。

そして義則の胸騒ぎは、違う角度で的中した。

上海不動投資に不正取引疑惑と脱税容疑がかかり、東京地検特捜部と東京国税局との合同家宅捜索が入った。話の大枠は、八丈島の統合型リゾート候補地取得の際に発生した調査・コンサル費用が、不正加担者と通謀して架空コンサルタント料として支払われていたことが発覚したということだった。その後、その土地はすぐに第三者に格安で譲渡され、その差額を損失計上している。

義則は、土地を第三者に譲渡した部分が引っ掛かった。もしかしたら譲渡先はジャンボで、彼が買い戻したのではないかと憶測した。恐らくジャンボとの土地の譲渡額に調査・コンサル費用数億を上乗せして、上乗せした費用をコンサル会社に貸付金として内部留保させたに違いない。

コンサルタント会社に検察当局の家宅捜索が入れば、ある程度の全貌が明らかになる。義則は中路に千畳岩の登記内容を確認するよう指示した。数分後、中路が慌てるように所長室に入って来て、

「所長、やはり千畳岩の土地名義はジャンボさんに戻っています」

とやや興奮気味の口調で言った。ジャンボが上海不動投資本社に出入りしていた理由が明らかになった。

翌日、検察当局はコンサルティング会社のＭＵＧコンサルティングの事務所と、港区にあるＭＵＧコンサルティング社長宅の家宅捜索を始めた。

テレビの報道番組でＭＵＧコンサルティングの代表、目黒光一の顔を見た義則は、目黒常務に何となく似ていると思った。年齢も二十七歳と報道され、義則はまさかと思ったが、念のため梨花に電話をして、目黒光一と目黒常務の接点を探ってもらうことにした。

梨花は快く引き受けてくれたものの、

「ヨシ君、一言いっていいかなぁ。久しぶりの電話なのだから、食事しようとか、映画観ようとか、そんなこと言えないのかなぁ。いつも電話があるときは、これお願いできるかな、よろしく頼むとか仕事に関することばかりで……。私、三十二歳ですけど、まだまだ乙女なのですが～」

電話の向こうで梨花がご機嫌斜めで口を尖《とが》らせているのが想像できた。

「あっ、ごめん……」

義則は、梨花に対して元カノということもあり甘えていた自分に憤りを感じた。もしかしたらビジネス上、都合の良い便利な相手だといつの間にか思っていたのかもしれない。そうならば梨花に対して物凄く無礼であると猛省した。

翌日の夜、梨花からプライベートのチャットがあり、そこには一枚のスクリーンショットが添付されていた。目黒光一のＳＮＳに目黒常務が写っていた。〝＃父の誕生日〟、間違いなく二人は親子だ。

義則は鞄《かばん》からタブレットを取り出し、因果関係を整理して書き込み始めた。

上海不動投資の土地取得のために支払った架空コンサルティング費は、ＭＵＧコンサルティングに支払われた。ＭＵＧコンサルティングの代表取締役は弱冠二十七歳の目黒常務の息子だ。恐らく金額は数億単位だと思われる。どんなに目黒光一が優秀なコンサルタントだとしても、コンサル歴わずか五年程度のコンサルタントが数億のフィーを取れるはずがない。ましてや光一の前職は、名前も聞いたことのないコンサル会社だ。もし架空コンサル費で振り込まれたキャッシュを上海不動投資からの貸付金として処理していたとしたら、間違いなく脱税を前提とした悪質なマネーロンダリングである。

ところで、上海不動投資と目黒常務との接点は？

翌日、義則は本店融資部にいる同期入行の玉置《たまき》健吾《けんご》に電話した。

「玉置、うちと上海不動投資の取引は？」

「ああ、その件だが、いま行内が大騒ぎでさ〜。昨年の十二月に六億融資している」

義則の悪い勘が的中した。

「上海不動投資のメインバンクはうちじゃないよな。以前から取引はあったのか？」

と聞くと、

「いや、当座はなく、築地支店に普通口座があるくらいだ」

と玉置は答えた。通常であればメインバンクは中国系銀行の東京支店であることは間違いなく、そこで融資を申し込むはずである……。が、なぜ、たった六億だとしても、こんな山っ気のある投資案件にいぶき銀行が融資をしたのか。そもそも稟議が通ったのが謎である。稟議を通したのに目黒常務が一枚噛《か》んでいるのは間違いない。そうなると、いぶき銀行もマネーロンダリングに加担したとの疑惑が発生する可能性もある。

数日後、上海不動投資代表の王迪（ワン・ディ）は脱税容疑で、MUGコンサルタント代表の目黒光一は贈賄容疑で、共に異例のスピードで起訴された。

一方、いぶき銀行コンプライアンス委員会では、すでに回収目処も立っていることから上海不動投資に対する融資は、将来性を加味した適切なリスクテイクと判断された。

目黒常務は一連の騒動に責任を感じ、自ら役員を辞任、同時に辞表を提出して受理された。建て前は体調不良とされているが、今回の事件で目黒常務が裏で糸を引いていたのかどうかは謎に包まれたままである。

夕方六時になる頃、義則は夕日が丘に車を走らせた。

夕日が丘は相変わらず島の住民、観光客で賑わっていた。それぞれ、どんな思いでこの夕日を見ているのか、義則はいつもこの夕日を見ると心が穏やかになり、浄化された気持ちになる。今日の夕日は一段とダイナミックで綺麗だ……と思いながら見ていると、左前方にいる大きな男の姿が目に飛び込んできた。

——観光客には見えないが……。

# 再　会

――誰だろう、彼は？

顔は暗くて確認できないが、背格好から見て八代大樹かもしれない……。義則はその男に近づき、静かに、

「ジャンボさん？」と語尾を上げ声をかけた。

男は義則の方を向きながら、

「お〜、風間君じゃないか〜、久しぶり〜」

と言いながら義則の両肩をポンと軽く叩き、いきなりハグをしてきた。まだ八代大樹という男を信用しきれていない義則は、いきなりのハグに抵抗を感じつつ尋ねた。

「いつ戻ってきたのですか？」

「昨日の昼に戻ってきた。八丈島の夕日が恋しくてね」

と満面の笑みで答えた。

「あの土地、買い戻したのですか？」

「ああ……、二億で売って、六〇〇〇万で買い戻した。あの土地のもともとの取得価格は二〇〇〇万、土地の造成工事で百瀬組に上海不動投資が支払った二〇〇〇万と、完了時に支払うと約束した二〇〇〇万、合計六〇〇〇万で買い戻した。

まっ、彼らにしてみれば大した損失ではないだろう」

工事は中断したままであるが、どうやら造成工事は復帰させるつもりらしい。

それを聞いた義則は少々安堵した。

「百瀬社長も喜びますね」

ジャンボは深く頷いた。

「再会を祝してちょっと一杯やらないか？」

そう言ってジャンボは、お猪口《ちょこ》を口に運ぶ仕草を見せた。二人は各々の車に乗り淳子の店に向かった。

ジャンボの車は、例の黒いキッチンカーを装ったスパイ風特殊車両だ。義則は過去にタイムスリップした気持ちになり、この嬉《うれ》しさをめぐみと中路と共有しようと二人に電話をかけた。

淳子の店に入ると、既にめぐみと中路がカウンターに座っていた。義則はめぐみに言った。

「ごめん、めぐみさん、正一さんが大変な時に呼び出しちゃって」

「大丈夫です。今日はお店が定休日なので、母に介護をお願いしてきました」

それを聞いたジャンボが驚いたように、

「えっ？　正一さんに何かあったの？」

と尋ねたので、めぐみは、祖父が末期癌で余命数か月なこと、最近は衰弱が激しく食事もほとんど喉を通らないことを話した。

店内が暗い雰囲気になったのを察して、めぐみが、

「今日はジャンボさんとの再会ですから、まずは乾杯しませんか？」

と言うと一同は頷き、生ビールで乾杯した。

義則は、ジャンボと上海不動投資との一連の流れを、めぐみと中路に共有した後、

「ところで、あそこの丘にある廃ホテルはどうなるのです？」

と尋ねた。するとジャンボは、

「ああ、あそこは上海不動投資がタダ同然で買い取り、結局、現状だとなんの資産価値もないし、あのまま放置しておいても固定資産税がかかる。だからと言って更地にするにし

ても解体費用と産廃処理で数千万かかるため、私がタダ同然で買い取った。今後は解体しないで、リノベーションして再利用するつもりだ」

と答えた。

「ところで、あそこに遺跡があるのは知っていたのですか？」

と中路が尋ねると、ジャンボは、

「井戸を掘っている最中に小さな土器の欠片《かけら》らしきものが出てきた。まぁどうせ海からの漂流物だと思ったのだが、まさかあんな規模の遺跡が出るとは思ってもいなかった」

と言ってジョッキのビールを飲み干した。

義則は、ジャンボが真実を語っているとは思っていなかった。ジャンボほどの男ならば、たとえ小さな土器の欠片でも簡単に漂流物と決めつけたりしないだろう。遺跡があることを確信して上海不動投資に土地を売却し、遺跡が出てきたことによって統合型リゾート候補地としての可能性はなくなり、価値がなくなった土地を買い戻す。この島を中国マネーで蹂躙《じゅうりん》しようとしている者に一泡吹かせる……そこまで計算していたのではないかと思ったが、それ以上の詮索はやめた。

義則は、悶々《もんもん》としていたもう一つの疑問をジャンボに投げかけた。

「話は大きく変わりますが、ジャンボさんがバックドアをいぶきのメインフレームに仕掛けようとプログラムを準備していたって本当ですか？」

　ジャンボはすぐさま、

「いや、それは違う。正確には、私がバックドアを発見したので駆除プログラムを作成した。元部下、浅沼のスキルでは、そのプログラムが駆除プログラムであるかどうか判別できないと思う。何しろ開発コードが特殊だからね。バックドアは恐らく内部の仕業だろう。

　いぶきのメインフレームは、外部から侵入できるほど脆弱ではない。急を要したのは、外部からの侵入者が偶然そのバックドアを見つけたとき、大惨事が起こるからだ。私は、そのバックドアを発見したとき、一つだけ挙動不審なファイルがあることに気付いたので、そのファイルを駆除した。あとはバックドアの駆除プログラムを実行するだけだったが、私のアクセス権は失効されていた。

　これら一連の流れから、メインフレームのバックドア、挙動不審ファイルは目黒の仕業ではないかと推測した。いつかは尻尾を掴んでやろうと、行内に〝社畜〟扱いされながらもなんとか残っていたが、結局尻尾も掴めず定年となり、半ば諦めていたところ、今回の事件が起こった」

なるほど、自分の不正を暴かれるのを防ぐために目黒常務はジャンボさんを悪者に仕立て上げ、情シスから追い出し、常に動きを監視できるように行内に残していたということだったのか……。義則は腹落ちした。

二〇二四年五月十三日、沖山正一が逝去した。自宅で家族に看取《みと》られながら、静かに息を引き取ったそうだ。享年八十二歳。

葬儀の喪主は、めぐみの父親でもある長男の沖山友樹《ともき》である。

通夜には出張所の行員全員が参列した。遺族席の中にはめぐみの姿もあり、おじいちゃん子でもあっためぐみは終始涙を流していた。葬儀会場にはたくさんの供花が飾られ、故人の人望が偲《しの》ばれた。

義則は、正一に「めぐみを頼む」と言われてから、何一つ行動らしき行動をしていないことを改めて悔やんだ。幼少期の頃から異性に対しては奥手である。好きな子がいても自分から好きとは言えない。今まで付き合ってきた女性は、すべて女性の方から告白されていた。それは緒方梨花も例外ではなかった。

淑《しと》やかで慎《つつ》ましいめぐみであれば、自分から何か行動を起こすことは考えられない。自分がアクションを起こさなければ、正一との約束は永遠に果たせない。義則は強く思ったが、正一の四十九日が過ぎるまでは控えておこうと思った。

## 敗北と挑戦

メディアは連日、八丈島カジノ問題を報じた。

上海不動投資とMUGコンサルティングの目黒光一の癒着、融資を実行した不正融資疑惑のいぶき銀行の、目黒光一の実父である元目黒常務取締役を槍玉に上げたストーリーが飛び交った。

そんな渦中に「週刊アルファ」が、仲山議員と目黒の密会をスクープした記事を掲載した。文脈は若干クセが修正されているが、間違いなく友近の記事である。友近は、メディア露出が多く人気がうなぎ登りの仲山議員に密着していたが、何も埃《ほこり》が出なかったので、引き出しの奥にしまっておいた過去の写真をこのタイミングで引っ張り出したのだろう。

写真には白金の寿司屋から出てきた仲山議員と目黒、義則、戸塚の四人が写っている。仲山議員以外は目の部分が黒目線で隠されている。

突然の跳弾を受けた仲山議員は、戸塚に何とかならないかと泣きついたらしいが、目黒がいなくなった以上、戸塚としても為《な》す術《すべ》なしで、目黒が辞任したのを受け、敏腕広報も仲山の元を既に去っていた。

結果、仲山議員は与党からの推薦も受けられない可能性が高くなり、夏に行われる都知事選を断念せざるをえない状況となって、国政進出に舵《かじ》を切った。

こうして、カジノを含む八丈島統合リゾート計画は、シャボン玉のように儚《はかな》く弾け飛び、苦々しい敗北感だけが残った。

議員と会食・接待をするというコンプライアンスに抵触かつ目黒一派の烙印《らくいん》を押された戸塚は、グループ会社のスタートアップに融資を提供するベンチャーデットファンドの会社に片道切符の出向となり、事実上の左遷となった。

戸塚と同じ烙印を押された義則は、これ以上流される所もなく、上がることも皆無な飼い殺し状態となり、六か月間減俸二〇パーセントという懲戒処分となった。

気の抜けた日々を、ただただ消化していたある日、ジャンボから電話があり、その日の夜に淳子の店で会うことになった。

約束の十九時に淳子の店の扉を開けると、既にジャンボはボトルキープした島焼酎の水割りを飲んでいた。彼は手招きして、

「焼酎でいいか?」と言い、グラスに氷を入れ始めた。すると淳子が、

「いやだ、風間さん、最初は生ビールよね」

と言いながらジョッキにビールを注ぎ、義則に差し出した。

「悪い悪い、俺は図体がデカイ分、大雑把な性格なもので」

と照れ笑いしながらコップの氷をアイスペールに戻したジャンボは、乾杯した後に本題を切り出した。

「浜松町支店の支店長だった戸塚君が飛ばされたみたいだな。同じ烙印を押された君の今後の身の振り方を聞いてみたくて、今日時間を作ってもらったんだ。正直なところ、君はこの島をどう思っている？　好きか？……」

義則は、想定していなかったジャンボの突発的な質問に戸惑いながらも、

「八丈島は好きですよ。海と山が織りなす大自然、〝情け島〟と言われているとおり、島の人は情に厚いですし……」

包丁で野菜を切っていた淳子の手が止まり、義則を見つめてニコッと笑った。

「しかし、カジノ構想が頓挫した今、この島の持続的な成長となるような起爆剤が見当たらず、このままだと人口減少、高齢化による労働者減少で、衰退は免れないと思います。真田ホールディングスの夏目さんが言っていたように、三十五年先は同じ光景になるので

はないかという不安と、何もできない自分に対してのもどかしさもあります」

と、しんみりした口調で義則が言うと、ジャンボは箸をパンと置いて焼酎をグビッと飲み、

「実は風間君、俺はあの土地に全寮制の高専を作ろうと思っている。淳子には申し訳ないことをしてしまったが、私が雲隠れしていたのは、万が一あの土地の価値がなくなり私が買い戻したとき、私に何ができるのか、何がこの島の未来を明るくするのかを考えたかったからなんだ。そのためにさまざまな人たちからアドバイスをもらいながら、辿り着いたのが教育であり高専だった。

これからはＡＩの時代だ。高校一年から専門教育で、機械学習に必要な統計学やプログラミング技術とデータアナリティクスを習得させる。授業は徹底的な実践方式で行う。例えば子供の心を可視化して、自殺をＡＩで未然に防ぐソリューションを生徒たちと開発する」

義則は、口に運ぼうとしていたグラスをカウンターに置いて言った。

「深刻な問題ですよね。十歳から十九歳の死因第一位が自殺なのは、Ｇ７の中で日本だけですからね。不慮の事故より自殺が多いなんて理不尽です」

ジャンボは大きく頷いた。

「自殺の中でも半分以上がその原因が不明とは、さらに深刻だ。生徒たちには常に問題意識を持って授業に没入できるカリキュラムを提供したい。これからの教育は、社会課題から発想する思考力を育む必要がある」

そこで一呼吸置くと、

「もちろん、一般の高校並みにクラブ活動は自由にやってもらう。グラウンドも作るから野球部の甲子園出場も夢ではない。こう見えて、私は元高校球児だ」

体がデカイのはラグビーじゃなく野球だったのか……。義則はジャンボのユニフォーム姿を連想して納得感を得た。

「四年次からは、それぞれ興味のある分野に進んでもらう。一次産業DXや医療、XR等の体験創造、地球環境やカーボンニュートラルなどを中心としたサステイナブル。これから世界で活躍できる人材を育み、ここ八丈島から輩出したい」

義則は、あまりにも唐突で壮大な構想に、顎が外れた感覚に陥った。

ジャンボは改まって義則の顔を凝視しながら、

「実はその学校の理事長を風間君、是非君にお願いしたい」

再び唐突なジャンボの言動で一瞬でフリーズした義則だったが、ふと思いつき、

「ジャンボさんはどうするのですか?」

と壮大な構想には似つかわしくない素朴な質問をすると、

「ははは、私はこれでもエンジニアだから、経営は君に任せて、教員としてプログラミングを教えるよ」

「ジャンボさん、教員免許お持ちで?……」

「それが高専は大学と同じで、教員免許は必要ないのだ。それぞれが専門性を持った教授・准教授で構成される、それが専門教育の良いところでもある。もちろん中には大学や大学院に進みたいという者も出てくるだろうが、卒業後に大学三年として編入を受け入れてくれる大学も、近年では多く存在する」

「資金はどうするのですか?」

「あの土地で得た税引き後の利益、約一億円を元手に補助金を国に申請する。同時に出資者も募る。クラウドファンディングも活用するが、それはどちらかと言うと市場反響をモニタリングする方に比重を置く」

「私もちょっとだけ出資するのよ」

と淳子が照れながら言った。

微笑ましく感じながらも、義則は続けて尋ねた。

「規模感はどんな感じですか?」

「まぁ、スタートは五〇人ってところかなぁ。あのホテルをリノベーションすれば、寮として三〇〇人のキャパは確保できる。三〇〇人の若者が常にこの島にいる、そして敷地内に遺跡があるＡＩ高専……。どうだ、斬新だろう?」

はしゃぐ子供のようなジャンボに親近感さえ覚えた。

一呼吸置き、ジャンボは続けた。

「あと、インキュベーション(起業家の育成や新しいビジネスを支援する施設)も作りたい。卒業生はもちろん、地球の課題解決をビジネスモデルとしたスタートアップを支援する施設を作ろうと思う」

義則は、戸塚が出向したベンチャーデットファンドを想起した。

戸塚さんなら社長にまで上り詰めるだろう。また戸塚さんと仕事がしたい。義則は心の中で切に思った。

ジャンボは、義則の右肩をギュッと掴み、力強い口調で、

「どうだ風間君、私と一緒にもう一度この島で勝負を仕掛けてみないか」

と語気を強めて言った。

義則は、支店の営業マン時代から即断、即決、即行動を自身の行動指針としていたので、

「ジャンボさん、その話、喜んでお受けします。そうだ、めぐみさんも誘いましょう」

思わずめぐみという言葉が出てしまった義則の顔は、見る見る赤くなっていた。

淳子は、義則にカウンター越しに顔を近づけ、

「ふぅ〜ん、やっぱりね」と言って微笑んだ。

もはや周りの誰もが気付いていたのか……そうであればなおさら恥ずかしい……。恥ずかしさを紛らわせようと義則は、

「ジャンボさん、リサーチやブランディングは私のネットワークを使わせてください」

と言った。

「ああ、もちろん君に任せるよ、理事長」とジャンボが言って三人は笑った。

帰路、義則は、流刑になってうなだれていた時に八丈島にカジノが出来ると聞き生じた、熱い血が躍り出すような感覚が再び蘇《よみがえ》ったような気がした。しかも今度は単なる利益至上主義ではない。社会的意義と持続性が織り込まれている。教育を通して島の未来にも貢

献できる。

――よし、勝負だ。

義則は覚悟を決めた。

# 一生に一度のプロポーズ

翌朝、義則は朝一番の飛行機で羽田に向かった。

羽田から浜松町に向かい、浜松町支店の支店長を訪問した。支店長室には大手町支店にいた時の同僚、高松琢磨がいた。高松は義則を見るなり蔑むような口調で、

「何や〜、流刑の風間殿ではないですか〜。で、今日は一体何の用？」

と突っ慳貪《けんどん》な態度に、義則は嫌悪感を抱きながら辞表を高松の目の前に叩きつけた。

すると、わざと慌てた素振りを見せながら、イラついた表情で高松は、

「何やの急に、失礼やわ〜。次の流刑者、はよ決めな〜ならんなぁ」

と言って辞表を机の引き出しにしまった。義則は、

「引き継ぎは中路に引き継いでおきます。次の所長は中路が適任ですので、私から人事に推薦しておきます」

と、何か嫌味を言われる前に支店長室から辞去した。

中路なら問題なく所長を勤め上げるだろう。普通なら三十歳という若さなので、本店の

プロジェクトファイナンス辺りに配属というキャリアプランを考えると思うが、如何《いかん》せん変わり者なので、当面は目の届く所に置いて見守りたいと義則は考えていた。

支店を後にした義則は梨花に電話を入れ、二十時に以前会った竹芝のカジュアルフレンチで待ち合わせの約束を取った。

待ち合わせ時間までの間、義則は弟の廉太郎に、高専のブランディングをお願いした。

「へぇ～、アニキが理事長にね～。まっ、堅物だからお似合いかな」

と言いながら快く引き受けてくれた。諸官庁や東京都に提出する計画書は、コンサル会社にお願いしたいところだが、そこは何とか倹約して、義則とめぐみでやり切ろうと思った。

二十時に梨花がやって来た。

「いつも急なのね」と言いながら座り、店員にグラスシャンパンをオーダーした。

乾杯後に義則は、高専の理事長を受託したこと、受託した理由を伝え、今の想いと夢を熱く語った。

「へぇ～、凄いね。ヨシ君の人生だから私がとやかく言う立場じゃないし、『人生は自分自身が与えて初めて意味を成す』とも言われているしね。

あ〜、もしかして〜、ま〜さ〜か〜、一緒に八丈島に来てくれとか言うんじゃないよね〜？」

と義則の顔を覗き込むように言った。

「いや〜、そうじゃないんだけど……。実は八丈島に好きな人が出来て、その人と一緒になって八丈島で暮らせればなぁと思っていて……」

義則は、めぐみへの想いを吐露した。

「わぁ〜素敵〜。でもヨシ君、その人にちゃんと自分の気持ち伝えたの〜？」

義則が無言のまま白ワインを口に含んだのを見た梨花は、

「やっぱり伝えてないなぁ？　ヨシ君、それって本当にヨシ君の悪いところ。女の人から好きって告白するのって凄く勇気のいることなんだからね〜。一緒になるんだから、ヨシ君にとって一生に一回、最初で最後、自分からの告白になるんでしょ？　絶対ヨシ君から告白しなさいよ、これは私からの厳令だよ」

義則は久々に目黒常務の決まり台詞《ぜりふ》、「厳令」という言葉を聞いた。

――しかし、あの人は今、一体どうしているのだろう？

船の出航の時間が近づいたので、二人は店を出た。帰り際に梨花は、

「ちゃんと告白するんだよ～」と義則の肩をポンと叩き、義則に背を向け歩き出した。梨花の頬に一粒の涙がこぼれ落ち、通り過ぎる車のヘッドライトが涙を照らした。その涙が喜びなのか哀しみなのかは梨花にしか分からない。

いつものルーティンで客船に乗った義則は、シャワーを浴びた後、就寝した。船内アナウンスで起きたのは、いつもどおり三宅島だった。眠い目をこすりながらデッキに出ると、ちょうど朝日が昇る瞬間だった。

八丈島に赴任してから、行きは飛行機、帰りは船というルーティンを繰り返していたが、船上から見る今日の朝日は格別だった。そんな朝日の力が義則の背中を押したかのように、義則は今日告白しようと強く決心した。

船は八丈島の底土港に予定どおり着岸した。いつもどおり桟橋を歩いていると、偶然めぐみの姿が目に飛び込んできた。誰かを迎えに来たのだろうか。それにしても奇遇だと思った義則が、めぐみに挨拶しようと近づいた瞬間に、めぐみは人目も憚《はばか》らずに義則に駆け寄り、胸に頭を預けてきた。そして静かな口調で、

「もう、待つのは……」と何かを言おうとした。

だが、それだけですべてを察した義則は、めぐみの唇にそっと人差し指をあて、

「長く待たせてしまってごめん。好きだよめぐみ……ずっと一緒にいよう、この八丈島で……」

と言って強く抱きしめた。

## 新たな門出

それから、昼は中路と引き継ぎ業務を行い、夜はめぐみの家で深夜遅くまで高専のリサーチと仮設・検証プロセスを繰り返した。時には淳子の店で島の人々の意見を聞き、それをアドミッション・ポリシーに織り込むこともした。

ジャンボは、遺跡が出た土地一〇ヘクタールの扱いは八丈町に委ね、残りの二〇ヘクタールの整地作業は引き続き百瀬組が行い、工事も順調に進んだ。

高専の設立計画書も完成し、ブランドのクリエイティブ案も弟の廉太郎から上がってきて骨格が整った。廉太郎からは〝波音と知識がつむぐ未来の扉〟という素晴らしいコピーが提案された。

一方、元いぶき銀行常務取締役の目黒慎二は、いぶき銀行退職後にドバイでフリーゾーンの法人を立ち上げたという風の噂を耳にしたが、この島に来て一層レジリエンスが高まった義則は歯牙にもかけなかった。

八丈ＡＩ高専の準備が着々と進む中、義則とめぐみの結婚式の準備も進んでいた。披露宴会場は八丈国際リゾートに決め、打ち合わせのたびにオーナーの南雲が出てくるといった入れ込みようで、めぐみはウェディングドレスを数十回試着させられるハメとなった。

二〇二四年十一月の結婚式当日、東京から義則の両親と親族が八丈島に来島し、沖山家と親族紹介を行った後、ホテルに併設のチャペルで式を挙げた。

めぐみが父とバージンロードを歩く。父親友樹の右手には、正一の小さな写真が抱えられていた。義則はそれを見て感極まり、涙が込み上げるのを抑えきれなかった。

「正一さん、約束は守りましたよ」

涙まみれの義則は天を仰ぎ、正一にそう伝えた。

式には緒方梨花も戸塚海斗も出席してくれた。めぐみの父親からめぐみを受け取ると、涙でクチャクチャになっている義則の頬をめぐみがぬぐい、クスッと笑った。

披露宴は大いに盛り上がった。伝統の八丈太鼓では、文化保存協会会長の通称黄門様、菊池清三郎の見事なバチ捌きが披露され、中路と百瀬とで臨時結成されたバンド演奏では、百瀬の歌声が会場のみんなを魅了した。

義則は島の多くの人情味に触れ、改めてこの島のためにめぐみと共に生きていこうと心に誓った。

高専の建築設計は、廉太郎の知り合いの新進気鋭の若手建築家、宮島エドワードが手掛け、施工は八丈島の滝田建設に依頼した。

廃ホテルのリノベーションの内装デザインはめぐみの父、沖山友樹が手掛け、施工は最近リフォーム事業を立ち上げた川平建設に依頼するなど、エッセンシャルな枠組みはオール八丈で進めた。

また、夏目宗則の力添えで真田ホールディングスから数十億の出資も決まり、クラウドファンディングに至っては廉太郎のコピーライティングの力もあって、目標一億円に対して三〇〇パーセントの三億円の調達が行えたため、当面は資金繰りで悩む必要はなくなった。

工事は順調に進み、工事着工後一年ほどで完成した。

二〇二六年十月、多くの報道陣と参列者に囲まれ、八丈AI高専のテープカットが行われた。テープカットには、文部科学省、東京都、八丈町長、真田ホールディングスを代表して夏目宗則に参加していただいた。

ジャンボと義則と、ちょっぴりお腹が大きくなっているめぐみが参列者に一とおり挨拶をし終えた時、既に空は一面オレンジ色に染まりかけていた。

海を見ながらジャンボは両手を大きく広げ、

「今日の夕日も綺麗だなぁ」と目の前に広がる海に向かって言った。

義則にとっても今日という日を迎えられ、実に感慨深い気持ちで見る夕焼けは、息を呑むような美しさだ。

無言で太陽が静かに水平線に沈む様子を見つめている三人の顔は、夕日に照らされオレンジ色に染まっている。

## 著者プロフィール

**黒井 宏昌**（くろい ひろまさ）

株式会社 FIELD MANAGEMENT EXPAND 取締役。
26歳の時に起業し、株式会社ゼオを立ち上げ、主に外資系 IT 企業のマーケティング・コミュニケーションを担当。その後、横浜と大阪の会社を M&A によりグループ化し、
2021年 1 月新設された株式会社 xpd
（現 FIELD MANAGEMENT EXPAND）に合流。
2021年 7 月、SDGs 実証実験の場として八丈島 TENNEI を開設。
2024年 2 月、同所で風力発電を使った映像・XR 開発を行う、
8jo Zero Emission Factory を始動。
現在は、渋谷と八丈島の 2 拠点で活動中。

**八丈島カジノを含む統合型リゾート計画　誰《たれ》そ彼《かれ》**

2024年 7 月15日　初版第 1 刷発行

著　者　黒井 宏昌
発行者　瓜谷 綱延
発行所　株式会社文芸社
〒160-0022　東京都新宿区新宿1－10－1
電話　03-5369-3060（代表）
03-5369-2299（販売）

印刷所　株式会社フクイン


ISBN978-4-286-25522-4